道後温泉　湯築屋⑩

神様のお宿で永《と》遠《わ》の愛を囁きます

田井ノエル

双葉文庫

神様のお宿で永遠《とわ》の愛を囁きます

目次

contents

湯《ゆ》築《づき》九十九《つくも》
道後の温泉旅館『湯築屋』の若女将。
稲荷神白夜命に仕える巫女で妻。
シロ
稲荷神白夜命《いなりのかみびゃくやのみこと》。
『湯築屋』のオーナー。
コマ
『湯築屋』の仲居。
狐だが変化が苦手。
道後温泉
10
湯築屋

◆この作品はフィクションです。
実在の人物、団体などには一切関係ありません。

契．誓いの杯

1

「お前と出会えただけで、儂《わし》は幸せなのかもしれぬ」

わたしも、幸せですよ。

そう答えたいのに、唇は動いてくれなかった。どうにもならぬもどかしさで、身体《からだ》が震えそうだ。

「ただ、ずっと――」

ずっと――なんですか？

シロ様は……どうしたいんですか？

湯築九十九《ゆづきつくも》は、何度も問おうと試みた。けれども、意識は闇に呑《の》まれるかのごとく沈んでいき、身体《からだ》は動かない。

声一つ出せず、指一本自由にならなかった。

己の無力さを、じわじわと実感させられる。

高くもなく、低くもない清涼感のある声が遠くなっていく。シロがどこか別の場所へと行ってしまうみたいで、途端に胸が苦しくなった。

行かないで——いや、行くのは、わたしだ。

シロが去るのではない。

九十九がシロの前を過ぎ去っていくのである。

自分が望んだ選択。

選んだ未来。

迷っている？

九十九は、まだ迷っているのだろうか。

選んだはずなのに。

『——』

どこからか、声が聞こえる。

九十九は視線を巡らせようとするが、それさえも自由にならなかった。

『——』

なんと言っているのか、聞きとれない。耳をすませると、人の声ではなく、動物の鳴き声のようにも感じられた。それなのに、意味のある言葉に聞こえる。

不思議な響きだ。

闇が動いた。

影……いや、黒いなにかが、九十九のほうへと歩み寄る——。

♨　♨　♨

「あ……」

カクン、と首が前に傾く衝撃で意識が鮮明になる。

身体がガタゴトと揺れていた。いや、椅子……電車の揺れである。

「夢……かな……？」

湯築九十九はつぶやきながら、状況を確認する。

緑色の座席に、ちょこんと座った自らの身体。膝のうえにトートバッグをのせて、それを抱え込むように眠りに落ちていた。唇の端から垂れそうになっていたヨダレを、九十九はさっと袖《そで》で拭《ぬぐ》う。ずいぶんと、熟睡していたみたいだ。

年季の入ったフローリングが、足元を支えている。視線をあげると、車窓の外に景色が流れていた。

新しすぎず、古すぎず、生活の息づかいが聞こえてきそうな街並みだ。

いつもの景色。いつもの松山《まつやま》。路面電車の風景である。

九十九が暮らす日常であった。

「………」

やはり、九十九は眠っていたようだ。

夢はよく見るのに……珍しく、夢であると気がつかなかった。

それほど疲れていたのだろうか。はたまた、なにか意味があるのか。

考えている間に、路面電車はガタゴトと大きなカーブを描いた。道後《どうご》公園の前を通過して、さらに奥へと進む。

終点の道後温泉駅へ辿《たど》り着いたら、降車だ。

乗客は、観光客も地元の人も、どちらが多いとも言えない。道後温泉は観光地であると同時に、人々が生活を営む街でもある。日常使いする人は多い。

駅に到着するなり、みんな一斉《いっせい》に出口へと向かっていく。九十九も、取り残されないよう、トートバッグを持って立ちあがった。

マッチ箱のようだと評される路面電車からおりると、道後の景色である。

レトロな駅舎をイメージした道後温泉駅を出ると、そこはアーケード街の入り口だ。広場には、カラクリ時計と足湯があり、観光客が集まっている。三十分置きに、坊っちゃんと道後温泉をモチーフにした仕掛けが動くので待っているのだろう。

「やあ、稲荷《いなり》の妻」

そう九十九に声をかけたのは、人ではなかった。

ふり返りながら視線を落とすと、黒い猫がこちらを見ている。

「おタマ様。こんにちは」

言いながら笑いかけると、尻尾《しっぽ》が少し短い黒猫がぐぐっと身体を反《そ》らして伸びをした。欠伸《あくび》をする口元からネコ科らしい歯がのぞく。

「お散歩ですか？」

「そういう気分になったら、散歩くらいするさ。吾輩は猫であるからな」

おタマ様は、道後温泉地区に住みついた猫又だ。アーケード街の入り口は、彼の定位置であった。

こうしていると、観光客や地元の人が餌《えさ》をくれるので楽なのだという。もちろん、猫又なので食事をする必要はないのだが……そこは、「そういう気分」というやつだろう。

おタマ様の写真をＳＮＳに投稿する人も多く、ちょっとしたアイドルと呼んでも差し支えない存在だった。

「ふむ」

おタマ様は、前脚をちょんとそろえて、九十九を見あげる。九十九は首を傾《かし》げて、あいまいに微笑んだ。

「少し匂いが変わったようだね」

おタマ様は微笑んでいるようだった。

「そうですか？　柔軟剤は、変えていないんですが」

九十九はスンスンと、自分の匂いを嗅いでみる。すると、おタマ様が「そうではないよ」と、軽く笑った。

「力の流れが変わったということさ」

ようやく、九十九はおタマ様が言わんとする意味を理解する。

九十九は、湯築の巫女《みこ》だ。

代々、稲荷神白夜命《いなりのかみびゃくやのみこと》に仕え、妻となるのが習わし。九十九は、当代の巫女であり、稲荷神の妻でもある。

稲荷神白夜命——シロは、神の一柱だ。けれども、その成り立ちは特殊であった。

シロははじめから神だったわけではない。宇迦之御魂神《うかのみたまのかみ》に仕える神使《しんし》であった。それが、天之御中主神《あめのみなかぬしのかみ》と融合し、表裏の存在となることで、神へと変化したのだ。

天之御中主神は、天地開闢《かいびゃく》のときより存在する原初《はじまり》の神。そして、終焉《おわり》を見届けるという役目を持った別天津神《ことあまつかみ》である。

天之御中主神とシロの過去を知る巫女は、九十九のほかに初代の巫女である月子《つきこ》だけだ。つまり、九十九は歴代の巫女よりも、天之御中主神との関わりが深い。それが影響して、九十九の中で眠っていた神気の特性が目覚めたのだ。

九十九の神気は「守り」の力であった。そして、新しく発現したのは「引」の力。神から神気を引き寄せてしまうという特性がある。

最初は無意識に力を引き寄せることもあり、周囲に迷惑をかけた。修行を積んで、今は少しずつコントロールできるようになっている。

悩んだが、これも九十九の力だ。

折り合いをつけ、向きあっていかなければならない。

「人は成長が早いからね」

おタマ様はまん丸の目を細めて、また欠伸をした。気まぐれな猫らしい仕草に、九十九は思わず表情を緩める。

「いつも見守ってくれて、ありがとうございます」

「なに。吾輩は、ただここにいるだけの猫だよ」

前脚で顔を洗いながら答える姿は、本物の猫と大差ない。

あいさつを終えると、おタマ様はくるりと九十九にお尻を向ける。ちょんちょんちょんと歩き去る姿に、九十九は軽く手をふった。

「また明日」

「明日もそういう気分ならね」

ああは言っているが、おタマ様はいつも九十九たちを見守ってくれる。道後の日常の一部だった。

九十九はアーケード街の入り口を横切って、伊佐爾波《いさにわ》神社へと続く緩やかな坂道を歩く。飲食店や老舗《しにせ》ホテル、民家などが建ち並ぶ通りである。

その一画に、木造平屋の温泉旅館が見えた。

木造平屋の外見は地味で、暖簾《のれん》には「湯築屋」とだけ。あまり人気の宿には見えない佇《たたず》まいだ。

しかし、門を潜ると世界が一変した。

晴れた青空はどこかへ消え、黄昏《たそがれ》に太陽が沈む瞬間のような藍《あい》色に塗り変えられる。太陽どころか、月も星も、雲もない。

広めの日本庭園では、紅白の梅が可愛らしく咲いている。軽く積もった雪に、花の色が映えていた。

外と違って、寒さは一切感じず、むしろ、寒暖差があってマフラーが暑い。汗ばんだマフラーを緩めると、ちょっとだけ涼しくなる。

庭を進むと、目の前に木造三階建ての近代和風建築が現れた。道後温泉本館を模しているが、雰囲気がやや異なる趣《おもむき》だ。窓に嵌《は》まった色とりどりの、ぎやまん硝子《がらす》や、花札模様の障子越しに、暖かな光が見てとれる。

ここは湯築屋。

強力な結界によって、外界と隔てられた場所にある温泉宿だ。

「若女将っ、おかえりなさいませ！」

ちょうど、玄関からぴょこんと小さな影が飛び出す。品のある臙脂《えんじ》色の着物をまとった子狐——仲居のコマだった。二本の足で立ち、袖を襷《たすき》掛けにして竹箒《たけぼうき》を持っている。玄関の掃除に出てきたところみたいだ。

「ただいま、コマ」

九十九は言いながら身を屈《かが》め、コマの頭をなでる。ふわふわの毛並みが気持ちよく、それだけで心が和んだ。

湯築屋に宿泊するのは、人間ではない。神様や妖《あやかし》たちが訪れる宿屋なのだ。

九十九は湯築の巫女であり、宿の若女将である。

「若女将、今日は大学だったんですか？」

「ううん。レポート課題で県美術館に行ったの」

「お勉強だったのですね！」

九十九は大学の文学部なので、時折、こういった課題が出る。どこでもいいので美術館へ行き、感想をレポートにまとめるという内容だ。行きさえすれば、レポート用紙を埋めるのは簡単なので、さほどむずかしくはない。

「髙島屋《たかしま》でおみやげ買ってきたよ。あとで食べようね」

九十九は笑いながらトートバッグから、お菓子の箱をとり出す。十二個入りのベビー母《ぼ》恵夢《えむ》だ。冬限定のショコラ味である。

「母恵夢っ！　好きです！」

九十九のおみやげに、コマはぴょんぴょん跳ね回った。

母恵夢は、観光客のおみやげだけではなく、県内でも贈り物としていただく機会が多いお菓子だ。薄い生地の中に、しっとりとした白餡《しろあん》が入っている。

今回、九十九が買ったのは期間限定のショコラ味だ。ほろ苦い生地と、甘く濃厚なショコラ餡の組みあわせが絶妙である。少し温めると香ばしさが増す。

愛媛県では馴染みのお菓子だが、やはり期間限定商品には惹《ひ》かれてしまう。季節ごとに、様々な味がリリースされるので、そのたびに買っていた。

シャン、シャン——。

邪気を退けるような鈴の音が、辺りに鳴り響く。

湯築屋の門を、お客様が潜ったことを知らせる音だ。

「お客様ですねっ！」

コマがピッと背筋を伸ばす。

「どちら様だろう」

まだ私服から着替えていないが、九十九は門をふり返った。

門から玄関までは、少しばかり距離がある。その足音は、幻影で創り出された庭の景色を楽しんでいるかのようなテンポだ。

そうして現れたお客様は、見知った顔であった。

「また来たのだわ」

ゆっくりと現れたお客様は、九十九に微笑みかける。

絹束のごとき髪のうえで、白い耳がピクリと動いていた。琥珀《こはく》色の瞳は神秘的でありながら、愛くるしさを宿している。

「お久しぶりです、宇迦之御魂神様」

お客様に対して、九十九はていねいに頭をさげた。

宇迦之御魂神は、全国でも広い地域に分布している稲荷神社の総本山、伏見稲荷大社《ふしみいなりたいしゃ》の主神である。名前の「ウカ」は穀物を表しており、稲や食物全般の神とされていた。

「そうね。あなたたちの感覚では、お久しぶりなのだわ」

宇迦之御魂神は笑いながら、九十九の前に立つ。

前回の訪問から、もうすぐ一年というタイミングだ。充分、「お久しぶり」だが、神様の尺度では、「数日ぶり」くらいなのだろう。

本来、宇迦之御魂神はこのような頻度で湯築屋を訪れない。常連客には違いないのだが、彼女の来訪は半世紀に一度程度の周期である。

湯築屋の結界は、シロそのものだ。ゆえに、シロは結界から外へは出られない。しかしながら、彼にも休息は必要だった。宇迦之御魂神は、シロが数日休む間、結界の維持を補助するために湯築屋を訪れている。

今回の来訪は結界の維持とは関係のない時期だ。

こういう場合は――。

「遅かったではないか」

どこからともなく声が聞こえ、九十九は虚空《こくう》を見あげる。

神出鬼没。突然、九十九の肩口から、ぬっと顔を出したのはシロだった。宇迦之御魂神とよく似た白い髪と琥珀色の瞳。背中では、もふもふと大きな尻尾が左右に揺れている。

着衣は、いつもの藤色の着流しと濃紫の羽織ではない。真っ白な袍《ほう》に身を包んだ、束帯の姿である。宇迦之御魂神が来たので、畏《かしこ》まった衣装にしたのだろう。

シロは宇迦之御魂神の神使であった。「親子のような間柄」とも、九十九には説明されている。シロにとって、宇迦之御魂神は気を遣う神様なのだろう。

「それは、こちらのセリフなのだわ。白夜の決断が遅いのよ」

シロから遅いと言われたのが気に食わなかったのだろうか。宇迦之御魂神は腕組みしながら頬をふくらませる。

「こんなに可愛らしい妻を悩ませるなんて、悪い子！」

「ふあ⁉」

宇迦之御魂神は言いながら、九十九の肩をぎゅっと抱き寄せる。突然のことで、九十九の声が裏返った。

「う、宇迦之御魂神様」

戸惑う九十九を他所に、宇迦之御魂神はさらに力を込めて抱きしめてくる。シロに見せつけようとしているのが明白だ。実際、九十九を抱きしめる宇迦之御魂神を見て、シロは唇をへの字に曲げている。

「九十九は儂の妻ぞ」

「知っているわ。でも、私はお客様なのだわ」

「客だからと言って、なんでも許されると思うなよ。お客様は神様などという言葉は、従業員の心構えの話であって、客自らが主張するものではない」

と、昨日、見ていたテレビで言っていた台詞《せりふ》を、シロがそっくりそのまま言う。

「あら。私は神様なのだわ」

腰に手を当てながら、宇迦之御魂神が胸を張る。シロが言っている意味とは食い違うが、この主張は真っ当すぎる。たしかに、宇迦之御魂神は神様だ。

お客様でも神様でも、普通は従業員に抱きついたりしませんけどね！　と、九十九は苦笑いした。

「儂が九十九に苦労ばかりかけておるのは否定せぬが……我が妻が、他者に抱かれておるのを見るのは気分が悪い」

シロは不貞腐《ふてくさ》れた様子で目を伏せた。宇迦之御魂神に対しては、そこまで強気に出られないようだ。

「そんなに人肌恋しいならば、儂を抱っこすればよかろうよ。ほれ、愛らしい尻尾つきだぞ。耳もある」

絶妙に見当違いな主張をしながら、シロは両手を広げた。九十九を離してほしいからと言って、自分を抱っこしろと言い出すのは、どうかと思う。

「ねえ、ちょっと見ない間に、この子こじらせているのではないかしら？」

宇迦之御魂神も引いてしまったのか、九十九に小声で聞いてきた。が、九十九だってこれには困惑している。

「まあ……シロ様が駄目神様なのは、前からなので……」

「あなたも大変ね」

ここまで来れば、あきらめの境地だ。

九十九と宇迦之御魂神は、顔を見あわせて嘆いた。

「な、何故《なにゆえ》……儂は九十九のために」

もう口を開かないほうがいい。これ以上しゃべると、いろいろ剥《は》がれる……黙っていれば神秘的で美しい見目なのに、台無しどころの話ではない。

「まあ、いいわ。とりあえず、お部屋へ案内してちょうだい。いつものところは、空いているかしら？」

「五光《ごこう》の間なら、客はおらぬ」

「そ。じゃあ、よろしく」

宇迦之御魂神は、九十九を離してシロの前へと駆け寄る。シロは納得いっていないようだったが、仕方なさげに息をつく。

「では、お客様のご案内はシロ様におまかせします。お客様、またあとでごあいさついたしますね」

九十九は若女将らしく、宇迦之御魂神に頭をさげる。

隣で、コマも深くお辞儀をした。小さな身体の動きにあわせて、尻尾がうえを向く。

「ええ、よろしくね」

宇迦之御魂神は、軽く手をふって玄関へと入る。シロも、お客様を案内するために、九十九に背を向けた。

二柱の背中を見送って、九十九は目を伏せる。

宇迦之御魂神が湯築屋を来訪した理由。

時期的に、結界関連ではない。

シロと融合した神、天之御中主神は表裏の存在だ。それなのに、シロは天之御中主神を許せないでいる——同じ存在となった、シロ自身のことも。

初代の巫女・月子の生死を巡った選択を、天之御中主神は提示した。そこでシロは、月子を選び、世の理《ことわり》を曲げたのだ。

その代償として、四国に住む狐《きつね》たちが死んでしまった。彼とともに宇迦之御魂神に仕えていた神使の黒陽《こくよう》も消滅している。

シロの選択が招いた悲劇だ。

惨事を前に、月子は選択を示した天之御中主神にも咎《とが》を負うべきだと投げかけた。天之御中主神は月子の主張を認め、自らに罰を科すために、シロと融合したのである。

そして、シロは結界の檻となり、天之御中主神をこの地に留める役目を担うこととなった。天之御中主神を封印した形である。

二柱は、ずっとわかりあえないまま、永い刻《とき》を過ごしてきた。

九十九は……それが気がかりなのだ。

人間である九十九は永遠を生きられない。必ずシロを置いて逝《い》ってしまう。それならば、この先を生きるシロのために、なにか遺《のこ》したい。

シロと天之御中主神に、対話の場を設けたかった。

簡単にわかりあえるとは思っていない。せめて、シロが自分自身を許してあげられる手伝いをしたかった。

自分を嫌いなまま永遠を生きるなんて、あまりに悲しすぎる。

そんな想いを後々まで残してほしくない。

宇迦之御魂神は、九十九とシロを手伝いに来てくれたのだろう。

2

ほかほかと、ごはんの炊ける匂いが漂っている。

優しい出汁《だし》の香りは、九十九が好きなものの一つだった。

「五光の間、もうすぐ炊きあがるよ」

厨房《ちゅうぼう》に入ってきた九十九に向けて、料理長の幸一《こういち》が笑いかけた。いつでも優しい笑みで迎えてくれるので、九十九も自然と穏やかな表情になる。

「お父さん、ありがとう」

湯築屋では基本的に和食を提供するが、幸一はもともと、洋食レストランの修業をしていた。けれども、湯築屋の女将である登季子《ときこ》と結婚することで、湯築へ婿として入っている。苦節あったと聞いているが、そんな陰を微塵《みじん》も感じさせない温かさが滲《にじ》み出ていた。

「つーちゃん、先にいただいてるよ」

厨房の端からピースサインをしているのは、登季子だ。気さくでさっぱりとした笑みのせいか、年齢よりも若く見える。それでいて、しっとりと艶《つや》っぽい女性の雰囲気も備えていた。

登季子は湯築屋の女将であるが、海外営業が主な仕事だ。年中、海外を飛び回って、いろんな国の神様をお連れしていた。

しかし、九十九が自分の力を使えるよう修行をはじめてからは、湯築屋にいる時間が長くなっている。登季子は神気の扱いに長《た》けており、お客様からも一目置かれていた。

本来なら、登季子も湯築の巫女となれる才能を持っていたが、登季子は幸一との結婚を選んだ。それが原因で湯築屋を離れていった従業員もいる。

先代の巫女・湯築千鶴《ちづる》が急逝《きゅうせい》したこともあり、物心つかないうちに、九十九が巫女となるのが決まってしまった。

登季子は自身の選択を悔やんでいた時期もある。海外を飛び回り、湯築屋になかなか帰らなかったのも、九十九や幸一に引け目があったからだ。

けれども、今はすっかりと、その迷いも払拭されたように感じられる。海外営業は好きなので続けているけれど、九十九と過ごす時間が長くなった。

「お母さん、もう賄《まかな》い食べてるの？」

「だって、炊きたてだから早くお食べって、コウちゃんが言ってくれたんだよ」

登季子は唇を尖らせながら、小さなお釜を示した。

「松山あげを使った炊き込みごはん。宇迦之御魂神様の分だけだと、食材が余るから賄いにしたんだ」

幸一が補足しながら、お釜を開ける。

湯気がほわっと立ちのぼり、鶏《とり》と牛蒡《ごぼう》の香りが九十九の鼻にも届いた。のぞき込むと、たっぷりの具材と一緒に、松山あげも入っている。

松山あげは、一般的なお揚げとは違う。パリッとした状態で売られているが、水分を吸うとやわらかくジューシーになるので、汁物や煮物によくマッチする。もちろん、炊き込みごはんにも最適だ。

シロは松山あげが大好きである。シロと縁深い神様である宇迦之御魂神も、やはり好物だった。そのため、彼女には特別に松山あげを使用した料理を中心にお出ししているのだ。

「つーちゃんも、少しお食べ」

茸と牛蒡、鶏肉などが入った五目炊き込みを、幸一がお茶碗に盛ってくれる。べちょっとせず、ごはんが一粒一粒、ツヤツヤと輝いているのが、九十九の食欲を刺激した。

「じゃあ……ちょっとだけ」

お言葉に甘えてしまった。

九十九は賄い用の箸を持ち、幸一からお茶碗を受けとる。

お出汁の香りが、炊き込みごはんからも漂ってきた。幸一の料理は、いつだって優しくて、温かくて、穏やかな気分にさせてくれる。

一口食べると、しっかりとした牛蒡と鶏の味わいが先行する。そして、噛《か》めば噛むほどに、出汁の味とコクが楽しめた。

松山あげは、出汁を吸って美味しくなるだけではない。味全体にコクを与え、まとめてくれるのだ。とくに炊き込みごはんでは、適度な油分がお米の一粒一粒をコーティングし、ふっくらとした旨味を閉じ込める役割を担う。

松山あげの美味しさを存分に活かしたごはんに、九十九は思わず笑顔をこぼした。

「美味しい」

「よかった」

これなら、お客様にもご満足いただけるだろう。

頃合いを見たように、幸一が小さな羽釜を木製の釜受け台にセットする。赤だしと香の物、温かい番茶も添えた。

「じゃあ、五光の間へおねがいします」

「はい」

いつまでも食べてはいられない。仕事だ、仕事。九十九は気合いを入れなおして、釜飯の膳を持ちあげる。

「つーちゃん」

厨房を出て行く瞬間、登季子が九十九を呼び止める。九十九は何気なく、「なぁに?」と、小さくふり返った。

「ううん。大人になったなぁ、って思って」

登季子がしみじみと言うので、九十九は照れくさくなる。

「大学生だもん」

「それもそうだけどさ……ただ、今まであんまり近くで見る機会がなかったから」

そう言って頬杖をつく登季子は嬉しげだった。そんな登季子を見ていると、九十九の気持ちも温かくなる。

「明後日から、営業だし見納めしないと」

「お会いしたい神様がいるんだっけ?」

「うん。この時期じゃないと、山からおりてくれないんだ」

湯築屋での時間が増えたとはいえ、登季子は営業の仕事が好きだ。そして、九十九も、そんな登季子が好きだった。

「帰ってきたら、いくらでも見てくれていいんだよ?」

時間はたくさんあるのだから。

言いながら、九十九はさっと登季子に背を向けて厨房を出た。登季子がどんな表情をしているのか確認するのが、ちょっぴり気恥ずかしかったのだ。親子なのに、おかしいな。でも、嬉しい。

ほんのりと、心が温かった。

宇迦之御魂神のご宿泊は、いつも五光の間と決まっている。

庭を見渡す露天風呂のある唯一の部屋だった。調度品も、他の客室とは趣が異なっており、明治大正期のレトロな雰囲気を味わえる。湯築屋では一番上等なお部屋であった。

三階に位置する部屋の前に、九十九は膳を置いた。中へ声をかけて、返事を確認してから入室する。

「宇迦之御魂神様、釜飯をお持ちいたしました」

ていねいにお辞儀をすると、浅葱《あさぎ》色の着物の袖が、はらりと畳に落ちる。頭をあげる際には、梅の簪《かんざし》が耳元でこすれる音がした。

「ありがとう」

宇迦之御魂神は満足そうに、冷酒に口をつけた。

東温市《とうおん》の小富士《こふじ》だ。辛口淡麗《たんれい》な味わいで、たいていの和食にあう日本酒である。お客様にも勧めやすく、湯築屋でもよく出る日本酒の一つだ。

「釜飯も、松山あげですよ」

九十九はお釜の木蓋を開けて、中を示す。宇迦之御魂神は表情を明るくしながら、身を乗り出した。

「それは嬉しいのだわ。さきほどの煮物も、大変美味しかったから」

耳がぴくぴくと動いている。尻尾の揺れ方は、シロよりも優雅と言えば優雅だが、こうして見ると、やはり似ていた。

「宇迦之御魂神様は、シロ様にそっくりですね」

松山あげへの反応も。

九十九の言葉に、宇迦之御魂神は少しだけ不服そうな顔をした。

「あの子が似せやすい姿になっているだけよ」

そう言うなり、宇迦之御魂神の頭から耳が消える。尻尾も見当たらなくなり、普通の人間に近い姿となった。

「最初は、形を作るのに難儀したみたいだから……私に似せなさい。これなら、できるでしょう？　と、手本を示しただけなのだわ」

ということは、この姿が本来の宇迦之御魂神なのだろう。彼女とは、ゆっくりと話す機会が少なかったので、九十九は初めて知った。たしかに、宇迦之御魂神は狐を神使としているが、自身は狐の神様ではない。

「まあ、可愛いっていうのも、あるのよ。こういうのが最近はウケがいいのでしょう？　私も、張り切って信仰を集めたいのだわ」

再び、狐の耳がぴょこんと現れる。尻尾の揺れ方も嬉しげで、満更でもなさそうだ。

近ごろは、信仰が薄れ、人々から名前を忘れられたすえに堕神《おちがみ》となる神様が増えていると聞く。宇迦之御魂神はメジャーな神様で、稲荷神社が全国に分布しているけれど……危機感を抱いている神様は多かった。

九十九も、堕神には何度か遭遇している。あれが神様のなれの果てだと思うと、物悲しい気分になった。

「もう、私が世話を焼かなくても、白夜は自分でなんでもできるようになったのだけれど」

結界の中ならば。

神となったばかりのころ、シロがどのような様子であったか、九十九はよく知らない。夢で見たシロの記憶でも、そこまでは言及されていなかった。

知らないことが多い。

もっと、シロ様を知りたい。そう思うのは、強欲だろうか。

「あら、また嫉妬《しっと》かしら」

九十九の心を見透かすように、宇迦之御魂神は唇に弧を描いた。

「嫉妬だなんて……ただ、シロ様を知りたくて……」

「恥じなくてもいいのよ。そういう気持ちは、あなたたちにとっては必要なものだから。とくに、白夜は隠したがるところがあるし。あなたも大変ね」

宇迦之御魂神は、九十九にそっと手を伸ばす。子供にするみたいに、頭を優しくなでてくれた。

心が無防備になっていく。

「宇迦之御魂神様は……」

九十九の口から、声は自然にこぼれた。

「シロ様を、見守りに来られたんですよね……？」

直接、そう説明されたわけではないが、察していた。だが、九十九はあえて宇迦之御魂神に確認する。

宇迦之御魂神は黙した。

肯定の意だと、九十九は受けとる。

「わたし、シロ様にご自分を許してほしくて……そのためには、天之御中主神様と話しあう必要があると思っているんです」

「そうね。それも必要なことかもしれないわ」

宇迦之御魂神は、九十九の言葉を否定しない。しかし、賛同しているわけでもなかった。

彼女にも、九十九の選択が正解かどうか、わかりかねるようだ。

「別天津神は、私の大切な子らを奪った」

九十九は、はっとして目の前の神様を見つめた。

宇迦之御魂神にとって、神使であったシロや、眷属《けん》の狐たちは子のようなものだ。彼女の立場からすれば、そのようになるのだろう。

九十九は考えたこともなかった。

「気にしないで。別に、だからと言って復讐《ふくしゅう》だなんて考えていないわ。もう、いまさらですもの。それに、間違いを犯したのは、あの子」

宇迦之御魂神は、サラリと笑って九十九から手を離す。

「白夜が呼んだのよ」

「シロ様が……」

そういえば、シロは宇迦之御魂神に対して「遅かったではないか」と言っていた。

「今回も、宇迦之御魂神様がお手伝いされるのでしょうか？」

シロの過去を明かす際も、宇迦之御魂神が助力してくれた。あのときと同じように、シロは天之御中主神との対話に備えているのだろう。

「そのつもりだけれど」

九十九はキュッと拳をにぎりしめ、目を伏せる。

「あの」

けれども、言い出さずにはいられなかった。

「わたしにできることは、ないでしょうか？」

シロと天之御中主神の対話は、九十九が望んだことだ。

九十九にできることなら、なんでもしたい。

「白夜を支えてあげなさいな」

「それだけではなくて」

「それだけで充分よ」

本当に、それでいいのだろうか。

九十九の視線が次第にさがり、うつむいてしまう。助けられてばかりでは、駄目だ。それとも……九十九が役立てることは、なにもないのだろうか。

人間には介入できる範囲がある。

神様同士の問題は、神様に委ねるほかないのだろうか。

「わたしにできることが少ないのは知っています……でも、役に立ちたくて」

余計な真似かもしれない。

神様に比べたら、九十九なんて無力で間に入る余地もない。

「そう」

宇迦之御魂神は、うつむく九十九の手に触れた。

「あなた、神気が変わったのだったわね」

その声音が、さきほどよりも深刻さを増している気がして、九十九は顔をあげる。

「はい……引の力が発現してしまって……天之御中主神の力に触れたからだと思います」

九十九は宇迦之御魂神に、自分の力について端的に語る。その力のせいで、トラブルが発生した事情も含めて。

「なるほど」

宇迦之御魂神は、しばらくなにかを考えはじめる。が、やがて九十九に視線を戻した。

その長い間、九十九は息を止めてしまう。

「……そうね。そういうことならば、私も一肌脱ぐのだわ」

「え？」

さっきと意見が変わった。頼み込んだのは九十九だが、あっさりとした展開に拍子抜けしてしまう。

「儀式をしましょう」

「儀式？」

突然の提案に、九十九は首を傾げた。

一方の宇迦之御魂神は、自信ありげに胸を張っている。

3

湯築屋の外でも梅のつぼみがほころび、白や赤の花が顔を見せはじめている。吹く風は冷たいけれど、陽射しが温かい。

まだ冬の寒さは残っているが、それでも、わずかに春の兆しが確認できる日和《ひより》。熱めの湯温に設定された道後温泉へ入るには、ちょうどよい季節だ。アーケード商店街でも、多くの観光客が歩いていた。

そんな道後のメインストリートから外れて。熟田津《にきたつ》の道を、九十九はゆっくりと進んでいく。

昔は道後の近くに海があったという。熟田津の道は、港と道後を繋《つな》いで人々が行き来した通りである。

石畳風に整備された道は歩きやすい。道沿いをのどかに小川が流れ、ゆったりとした空気を味わえる。観光客向けの商店も多いが、比較的人通りが少ないため、のんびりと景色をながめる余裕があった。

そんな熱田津の道沿いに建つ酒蔵は、一際目立つ。暖簾のかかった入り口からは、神輿《みこし》や酒樽《さかだる》の展示がチラリと見えた。しかし、その奥では実際に従業員たちが働く姿もあり、きちんと稼働する酒造であるとわかる。

販売所へと回り込み、九十九は固唾《かたず》を呑んだ。

シロのために必要なもの。

宇迦之御魂神は、「儀式」を行うと、九十九に告げた。

九十九は儀式に必要なものの調達を、宇迦之御魂神から仰《おお》せつかっている。

「大丈夫かな」

と、言っても……お酒なんだよね……。

儀式に使用するお酒を買ってくるように。というのが宇迦之御魂神からの言いつけであった。なるべく土地の酒がいいらしいが、とくに指定がない。

――あなたが気に入ったものを選びなさいな。

などと言われたものの、九十九は二十歳になっていない。

通常、二十歳未満はお酒を買えない。しかしながら、この酒造とは古くから湯築屋と取り引きがある。たいていは番頭の八雲《やくも》が買いにくるのだが、九十九の顔も覚えてもらっていた。

買うことはできるものの、お酒を選べと言われたって、九十九には善し悪しがわからない。そもそも、試飲ができないのだ。

お勧めを聞いて、買って帰ればいいよね。ここの商品はシロも気に入っている。だったら、なにを買っても外すことはないだろう。

九十九は販売所の戸に手をかけた。

「あ……」

入った瞬間、香りが鼻孔をくすぐる。

酒粕のような甘い匂いが漂っていた。お酒を飲めない九十九にとっても、優しくて温かい香りだ。甘酒を飲んでいるときみたいに、ほっと心が安らぐ。

店内には、商品である日本酒や焼酎の瓶が並べられている。ほかにも、日本酒を使用した化粧水や美容パックまであり、九十九はそちらにも目を奪われた。大学に入って化粧をするようになったせいか、美容にも興味がある。

「なんだぁ、客人かー？」

店の奥から、荒々しい口調の声が聞こえてきて、九十九は肩を震わせた。

出てきたのは明らかに店員ではない。

まとっている衣は、洋服と形容するには、いささか……襤褸《ぼろ》と称するのが正しそうだ。前側が豪快にはだけ、たくましい大胸筋が露出している。腰に大きな刀を帯びており、とても現代の格好とは思えない。

海賊……そんな単語が頭に過《よぎ》った。

けれども、この方の顔を九十九は知っている。

「大山祇神様《おおやまつみのかみ》、お久しぶりです」

九十九がにっこりと笑うと、どう考えても店員ではない大山祇神は、「おう！」と片手をふりあげた。

大山祇神は、山の神である。全国に分布する大山祇《おおやまづみ》神社や三島《みしま》神社の祭神だ。とくに、大山祇神社の総本山は愛媛県の大三島《おおみ》にあり、湯築屋にもときどき訪れる神様だった。

彼は山の神だが、同時に海の神でもある。そして、軍神という側面も持っているため、武将や海賊からの信仰が厚かった。

大三島の大山祇神社には、中世の武具が多く奉納されている。その大部分が重要文化財や国宝に指定されており、大三島は「国宝の島」とも称されていた。源 義経《みなもとのよしつね》が着用した八艘《はっそう》飛びの胴丸《どうまる》など、九十九も印象に残っている。

「いつもとお姿が違うので、ドキッとしちゃいましたよ……」

湯築屋へ来るときの大山祇神は、武者姿だ。鎌倉時代から南北朝時代を想起させる大《おお》鎧《よろい》に身を包み、武装しているのが常だった。

今、目の前にいる姿も、武装と言えば武装なのだが、方向性が異なっている。

「宇迦之御魂神から、店員をやれと仰せつかったからな。こちらのほうが、それらしいだろう？」

大山祇神は、見せびらかすように、その場で一回転してみせる。襤褸切れをまとっているが、海賊然とした風格はワイルドだった。

「店員らしいかどうかはアレですけど……お似合いですよ」

「はっはっ、正直者めが。本当のことを申すと、店の入り口で兜《かぶと》が引っかかってな。仕方なく脱いだが、直垂《ひたたれ》で商品を倒しそうになってしまった。こちらのほうが軽装で動きやすくてのう」

「なるほど、そういうことだったんですね」

大山祇神は豪快に笑って解説してくれた。海賊に扮しているが、立ち振る舞いは武将という雰囲気だ。

「ところで、どうして宇迦之御魂神様は大山祇神様に、お店を？」

「おうよ。お前を手伝ってやれと、頭をさげられてな」

大山祇神は、宇迦之御魂神の祖父に当たる。日本神話の神々は血縁を持っていることが多いのだが、宇迦之御魂神がわざわざ頭をさげたというのが引っかかった。

「お手伝いなんて……お買い物ですし」

「大事な儀式だからな。よい酒を用意してやらねばなるまい」

大山祇神は当たり前のように言いながら、適当な商品を手にとる。一升瓶に入った大吟《だいぎん》醸《じょう》が、音を立てた。

「俺の得意分野だ」

大山祇神には、本当に様々な側面がある。山の神、海の神、軍神。それだけではない。酒造りの神としても信仰されている。彼には酒造業の守神、酒解神《さかとけのかみ》という別名もあった。

そんな神様に、お酒選びを手伝ってもらえるなんて心強い。が、同時に、湯築屋を訪れるお客様でもあるので、お手をわずらわせて悪いと思ってしまった。

「まあ、よいよい。とりあえず、飲んで決めろや」

大山祇神は豪快に笑いながら、試飲の準備をはじめる。

けれども、九十九は両手を前に出した。

「い、いえ……わたしは、まだお酒が飲めないので……お勧めを教えていただけたら、それを買います」

お酒は二十歳からだ。それに、九十九は以前、天照《あまてらす》に飲まされて痛い目を見た。少量で酔っ払って、大変なことになってしまったのだ。あれを思い出すだけで、恥ずかしい。二十歳になったとしても、お酒を飲むのが怖い。

「ちょろっと、舐《な》めるだけぞ。御神酒《おみき》と一緒じゃ」

「いや、何種類も舐めたら一口と変わりませんし……」

九十九が頑なに断るので、大山祇神はつまらなさそうに肩を竦《すく》める。

「だがしかし、大事な儀式ではないのか」

宇迦之御魂神から、儀式の内容は聞かされていない。そんなに大事なのかどうか、判断がつかなかった。

けれども、大山祇神に酒選びを依頼するほどだ。九十九が考えている以上に、意味のある行為なのかもしれない。

「できるだけ、お前の好きなものを選んだほうがよいと思うぞ。まあ、待っていろ」

大山祇神はそう言いながら、店の奥へと引っ込んでいく。九十九は急に不安になって、視線を落とした。

「ほら、これならいいだろう？」

しばらくして、大山祇神が戻っている。手にした盆には、小皿がのっていた。

「これって……酒粕《さけかす》ですか？」

「然《しか》り」

お酒が飲めない九十九向けの試食だ。正方形に切り取られた酒粕が、九十九の前に差し出された。

とはいえ、お酒と酒粕は違う。試飲の代わりになるのか、少し疑問である。

「酒は俺が選んでやってもいい。だが、お前が好きなものを渡したいのだ」

気に入りもしないものを買って帰らせない。そういう意図が読みとれた。

「大事な酒の味くらいは、知っておけ。仁喜多津《にきたつ》の大吟醸だ」

「は、はい……」

戸惑いながら、九十九は酒粕を一切れ口に含んだ。

甘酒のような甘みはなく、口の中でねっとりと塊が溶けていった。アルコールがほとんど入っていないのが嘘《うそ》みたいに濃い旨味を感じ、お酒の板を食べている気分になれる。

しかし、風味がいい。甘くないのに、米の味をしっかりと味わえた。後味もすっきりとしており、甘酒よりも爽やかな心地だ。

酒粕をそのまま食す機会があまりないので、美味しいかどうかは判断できない。だが、嫌いな味ではなかった。

「これは、同じ大吟醸から作ったチーズケーキだ」

九十九の前に、大山祇神がもう一皿置いた。横に、仁喜多津の大吟醸が入った桐《きり》の箱を並べる。

「じゃあ、こちらもいただきます」

九十九は断りを入れて、チーズケーキも口にする。

今度は甘かった。チーズケーキらしい、しっとりと濃厚な味わいが口の中で溶ける。それだけではない。遅れて、日本酒独特の芳醇《ほうじゅん》な甘みと風味が口中に広がった。

チーズケーキなのに、しっかりとお酒の味がする。さっきの酒粕とは、まったく違った楽しみ方だ。それなのに、同じお酒だとはっきりわかる。

「美味しいです……！」

すっかり興奮してしまい、笑顔になる。

大山祇神はようやく満足げに表情をほころばせた。

「それじゃあ、仁喜多津の大吟醸。お買い上げでいいな？」

「はい、おねがいします」

九十九が答えると、大山祇神はうなずく。

「おう。じゃあ、準備はよいかな？」

準備？　なんの話かわからず、九十九は小首を傾げた。お財布なら、忘れず持ってきた。

そんな九十九など放って、大山祇神は「よっ、と」と声をあげながら、腰を屈める。レジカウンターの向こう側で、がさごそとなにかを探っていた。

「大山祇神様？」

不審に思い、九十九はレジカウンターに身を乗り出した。

「ほい、これだ」

大山祇神は言いながら、大きな甕《かめ》をとり出す。持ちあげるのも一苦労しそうな甕を、いとも簡単に九十九の前に置いた。

なに？　これ？

九十九が固まっていると、大山祇神は笑顔でバシッと肩を叩《たた》いた。

「それじゃあ、行ってくるがよい」

「行く？」

疑問に答えてもらう前に、九十九の身体が前のめりに傾いた。

「え……？」

倒れないように両足で踏ん張ったけれど、身体が吸い寄せられるみたいに抗《あらが》えない。九十九はそのまま、頭から甕に突っ込んでしまった。

妙な浮遊感と、急速に落下していく感覚。いつの間にか、周囲の景色が販売所ではなくなっている。

どこか別の空間のようだ。眼下には木々の茂る山の景色が広がっている。九十九は一人、青空から下へ下へと落ちていた。

「大山祇神様ー！」

なにがなんだかわからなくて、九十九は大山祇神を呼ぶ。しかし、山に木霊《こだま》した自らの声だけ響いて、望んだ返事はなかった。

九十九は懐から、肌守りをとり出す。シロの髪が入った肌守りで、詠唱すれば、シロの力を一時的に借りることができる。

「稲荷の巫女が伏して願い奉る　闇を照らし、邪を退ける退魔の盾よ　我が主上の命にて、我に力を与え給え」

紺色の肌守りを額に当て、左手を天に掲げた。

肌守りから神気の光があふれ出る。

九十九の頭上で、薄いガラスのような膜が現れた。念じて力を込めると、やわらかいベールのようにもなる。

盾を使ったパラシュートで、九十九の落下速度が緩和された。

『おうおう。大丈夫そうだな？』

そのタイミングで、どこからともなく聞こえてきたのは、大山祇神の声だった。九十九を案じているというよりは、様子を見にきたといった口調だ。

「大山祇神様、これどういうことですか？」

姿が見えないので、九十九は虚空に向けて問う。

『すまん、すまん。説明する前に、放り出してしまった』

すまんで済まされる話なのか。九十九は苦笑いするが、大山祇神の声はなにも気にしていなそうだ。

『まあ、死んでおらぬから大丈夫だろう』

神様、割とこういうところあるよね……。

「ここは、どこなんですか？」

改めて景色を見回すが、やっぱり山だ。家や道路のような人工物はどこにも見当たらず、野性の木々が伸び伸びと生い茂っている。

『現世《うつしよ》とは別の場所。裏側の世界さ。幽世《かくりよ》なんて言い方をする人間もおるな』

「裏の世界……？」

『地理的には、道後だよ』

ここが、道後？　そんな風には、まったく見えない。山の形も全然違うし、面影がなにもなかった。

『宇迦之御魂神から、土地の酒を持ってこいと言われたのだろう？』

「そうですけど……」

九十九は酒粕を試食して、仁喜多津を購入することにした。道後の酒造で造られた、正真正銘の土地のお酒である。

『大切な儀式だ。自分で水を汲《く》むほうがよい。俺が造ってやろう』

つまり、素材を自分で調達してこいという話だった。米や米麹《こめこうじ》はいいのか、造るには時間がかかるのではないか。そんな疑問が浮かぶものの、これは大山祇神からの試練のようなものであると、九十九は理解した。

道後の裏側に当たる世界で汲んだ水を、お酒に使用する。

きっと、この過程が大事なのだ。

「わかりました」

九十九が返事をすると、それ以上、大山祇神の声は聞こえなかった。ここからは一人でがんばれということだ。

九十九は眼下に広がる景色をながめる。

水が必要ということは、川があれば話が早い。

しかし、そう簡単にはいかなかった。山の木々が邪魔をして、川があるかどうか判別できない。おりて探すしかなさそうだ。

盾のパラシュートを使って、九十九はゆっくりと山へと落下した。できるだけ、木が少ないところを選んで着地する。必要なくなると、盾は霧散するように消滅した。

辺りには、木々が生い茂っている。雑草も生え放題で、歩くのに難儀しそうだ。

「着物じゃなくてよかった……」

一応、今日はワイドパンツにスニーカーという出で立《い》ちだ。山の中を歩き回る格好ではないけれど、着物だったら、さらに悲惨なことになっていた。

九十九は深呼吸して気合いを入れる。

どうにかして、ここで水を汲まなくては。ショルダーバッグには、スマホと財布くらいしか入っていない。役立つ気がしなかった。あとは、マフラーとコート。歩いている間に、暑くて荷物になる予感しかない。

九十九は重いため息をついて、とりあえず歩き出す。

森はとにかく静かで、鳥の囀《さえず》りも聞こえない。獣がいる気配もなく、野生動物に鉢合わせる心配はなさそうだ。足元は草むらみたいな有様だったけれど、虫もいないようだった。

ただただ、静寂の世界で植物だけが存在している。

そんな雰囲気だ。

「あ……」

環境音がほとんどないせいか、わずかな音も聞きとりやすい。九十九は耳をすませて目を閉じた。

どこかで、水が流れている。

川だろうか。

しかし、九十九自身、特別耳がいいというわけではない。正確に、どこから聞こえているのか判別できなかった。

サバイバル技術も乏しいし、無闇に歩き回るなんてことはしたくない。

「そうだ」

九十九は表情を改めながら、白い肌守りを出した。

こちらには、九十九の髪がおさめられている。天之御中主神との関わりによって発現した、九十九の神気を制御するためのものだ。

九十九は両手を祈るように組みあわせた。

身体中に力が巡る感覚。九十九に流れる神気である。それを、掌《てのひら》に集めるイメージを頭に描いた。

やがて、組みあわせた両手の間から光が漏れる。開くと、水晶のごとき透明な結晶ができていた。

九十九の神気を結晶として具現化したものだ。

以前は夢の中でしか扱えなかった力だが、今は多少の術なら使えるようになった。これも、登季子が湯築屋にいて修行につきあってくれているおかげだ。

「おねがい」

このままでは力が使えないので、九十九は再び念じる。

天岩戸《あまのいわと》で、九十九は力を使用した。あのときのような力を……九十九の神気を使用したい。一度しか使ったことがない術だが、できるだろうか。感覚もあいまいで自信がないけれど……やるしかない。

九十九は花びらのような形の結晶を掲げた。すると、結晶はまばゆい光を放ち、形を変えていく。

透明な鳥の羽根が現れた。

九十九の力で創り出した羽根だ。

九十九の神気の特性は、守り。そして、神気を引き寄せる力。

この裏側の世界を構成する物質が、どのような性質を持っているか厳密には不明だ。だが、少なくとも、九十九が普段暮らす世界とは違うと断言できる。

すべてのものが、微量に神気を帯びていた。ということは、神気を引き寄せる九十九の力で、探しものをすることが可能ではないか。

ただし、水を引き寄せるのではない。引き寄せる力を利用して、場所を探るだけだ。あまりこの世界のものに、干渉しないほうがいいと思う。

「あ……」

上手くいくだろうか。九十九の不安を払拭するかのように、透明な羽根はふわりと浮きあがった。

羽根はふわふわと、風に漂うみたいに九十九に道を示す。

「やった！」

九十九は思わず笑顔になって、羽根が漂う方向へと進んだ。慣れない山道に足元は覚束《おぼつか》ないが、ついていける速度である。

山には植物以外の気配がない。代わりに、九十九が一歩一歩進むたびに、蛍のような小さな光が舞った。それらにも神気が宿っていて、幻想的な光景だ。精霊や妖精の類とは、このようなものなのかもしれない。

やがて、羽根の案内した先に小川が現れた。ちょろちょろと流れる水は澄んでいて、そのままでも飲めそうだ。見つけた瞬間、嬉しくなって九十九は駆け寄った。

「川……！」

けれども、羽根はまだ上流を示して漂っている。

九十九は羽根を追って、川沿いに歩いた。

山道も難儀したが、川のほうが足場が悪い。石がごろごろとしているうえに、苔生《こけむ》していたり、ぬめっていたりする。転ばぬよう、充分に注意しながら先へ進んだ。

だんだんと川幅がせまくなっていく。それに伴い、斜面がきつくなり、九十九の息もあがってきた。もう、崖をのぼっているのと同じ状態だ。手近にある蔦《つた》をロープ代わりにした。

「はあ……もう、無理……」

すっかり汗だくになって、コートやマフラーも捨ててしまった。九十九は肩で息をして満身創痍《まんしんそうい》だ。

「あれ……」

しかし、そんな九十九の眼前で神気の羽根は薄《うっす》らと光っていた。ふわりふわりと、その場で漂っている。

羽根の下を見ると……水たまりがあった。

岩場の隙間が窪《くぼ》みになっていて、中央から、ぽこぽこと泡が湧き出ている。周囲を見渡すと、小川も途切れているようだ。

ここが水源。水の湧き出る場所なのだ。

九十九はおそるおそる、水たまりに手を伸ばした。

存外冷たくて、指先だけ触れて引っ込めてしまう。湧き水って、こんなに冷たいんだ……九十九は、もう一度水面に触れた。

清らかに澄んでいて、水底まで見える。清廉で浄化されそうな神気は、触れているだけで身体の疲れを癒やしてくれた。

この水、すごい。

九十九は湧き水を両手ですくいとった。衛生的な問題が頭の隅にチラついたけれど、これだけ神気が高ければ大丈夫だろう。なにより、とにかく喉が渇いていた。

手や口の端からこぼれた水が、服を濡らしてしまった。だが、今はそれさえも生き返る心地がする。

水は甘かった。味なんてないはずなのに、とにかく甘くて飲みやすい。身体がこれを求めているのだと感じた。

頭上を仰《あお》ぐと、木漏《こも》れ日が射し込んでいる。このまま、ここで横になって眠ってしまいたい気分だった。

「見つけただけじゃ駄目なんだ……」

しかし、そういうわけにはいかない。九十九は水を発見したのになにも起きなかった。見つけるだけでなく、どうやって水を運ぼう。汲んで運ぶ必要がありそうだ。

でも、どうやって水を運ぼう。九十九の持ち物に、この水を溜めておけるものはない。辺りを見回しても、それらしい道具はなかった。

ここまでの感想だが、これは九十九を試す儀式だろう。大山祇神は水が欲しいのではなく、九十九がどのようにして水を手に入れるか試験しているのだ。

「もう一回」

九十九はつぶやき、肌守りを出した。

シロの力を使える紺色の肌守りと、九十九の力を制御する白い肌守り。

二つのうち、九十九は紺色の肌守りを掲げる。

詠唱して、再び退魔の盾を出現させた。そして、薄いガラス膜のような盾に念じる。

盾は九十九の念にあわせて、ゆっくりと形を変えた。できるだけ、底の深い器のように変化する。

形を保つために気が抜けないものの、これで水を溜めておけるはずだ。九十九は手早く、盾の器に水を汲んでみた。

「大山祇神様、こちらで大丈夫でしょうか?」

ある程度の水を汲み終わった段階で、九十九は宙に向けて話しかけた。

すると、森を通り抜けるような風が吹く。

周囲に薄く漂っていた神気の流れが変わり、濃度があがった。

そうして目の前に現れた神様を、九十九はまっすぐ見あげる。さきほど、店で会った海賊スタイルではなく、古めかしい大鎧をまとった姿であった。こうしているほうが、勇ましい戦いの神様だと実感する。

「時間はかかったが、よくがんばったな」

大山祇神は、快活に笑って九十九の頭をなでる。いきなり試練を与えられてびっくりしたが、九十九は嬉しくて顔をほころばせた。

「どうなるかと思いましたけど」

「そうか? 俺には、容易に熟《こな》しているように見えたがな。もっと難易度をあげるべきだと思ったぞ」

それは普通に困る。九十九があいまいに目を泳がせると、大山祇神は「冗談だよ！」と笑い飛ばした。神様の冗談は、冗談になっていないときがある。

「それでは、この水を使って酒を造ろう」

大山祇神は、九十九が盾に溜めた水を示して胸を叩いた。酒造りの神様が、自ら腕をふるってくれるのは、ありがたい。

「でも、大山祇神様。儀式まで時間が……」

儀式は明日の予定だ。さすがに、今からお酒を造るのでは時間が足りない。

けれども、大山祇神は首を横にふる。

「そんな心配をするな」

大山祇神は力強く言ってのけた。

その途端に、周囲の神気がざわめく。

「え？」

と、九十九が瞬きをする間に、景色が変わっていた。

ここは、深い森の中ではない。鼻孔に香る糀《こうじ》が心地よく包んでくれるようだ。所狭しと並んだ商品や、棚に収納される酒瓶の数々には見覚えがある。

「戻ってる……」

九十九は両の目をぱちぱちと開閉して、事象を受け入れる。どうやら、試練は終わったらしい。水を店まで持って帰るところまで求められたら、どうしようかと思っていた。

「よくやったな」

大山祇神がレジカウンターで笑っていた。もとの襤褸をまとった海賊のような出で立ちである。

白昼夢だったのだろうか。そう錯覚しそうな出来事だった。

実際、スマホを確認すると、時間はさほど経っていない。それどころか、山で脱ぎ捨てたはずのコートやマフラーも、しっかりと身につけたままである。靴にも、山歩きをした形跡はなかった。

「これが、お買い上げの酒だ」

大山祇神は、綺麗に瓶詰めされラベルの貼られた日本酒を見せてくれる。どう見ても、売り物なのだが……きっと、九十九の汲んだ水で、彼が造ったのだろう。

空間だけではなく、時間も不思議な影響を受けているようだ。

やっぱり、神様って不思議。

「嗚呼《ああ》、お代はいただくぞ」

粗暴な格好をしているが、大山祇神はていねいに日本酒を箱に詰めてくれる。熨斗《のし》までついているので、ちょっと気恥ずかしくなった。

九十九はお代をレジのトレーに置く。

「大事な酒だからな。用心して持って帰れよ」

「はい」

九十九は受けとりながら、うなずく。大山祇神は、儀式の内容を知っている様子だ。頻りに「大事な」とくり返している。

「あの、儀式って……なにするんですか？」

「聞いていないのか？」

九十九が問うと、大山祇神は拍子抜けしたような顔を作った。

実は宇迦之御魂神は、九十九になにも語っていない。ただ、酒が必要だから土地のものを用意しなさいと告げただけである。

「んー……それなら、俺が言うわけにはいかぬなぁ？」

「そうなんです？」

釈然としない反応に、九十九は首を傾げる。

「ま、すぐにわかるさ」

それはそうなのだが、事前に知っておきたいではないか。だが、宇迦之御魂神が言わなかったことを、他の神が告げるのもよろしくないのだろう。大山祇神は、九十九の背をバシバシと叩きながら、店の入り口まで誘導した。

「二十歳になったら、今度は気に入った酒を選んでもらうからな。俺とも一杯飲もうや」

「は、はい……お酒は、前に失敗してちょっと苦手ですけど……」

「構わぬよ。若いうちに失敗しておけ」

そう言って送り出してくれる大山祇神の笑顔が豪快で、なんとなく、それ以上は聞きにくかった。

日本酒の入った紙袋を見おろし、九十九は息をつく。

本当に……儀式って、なにするんだろう？

4

桐の箱に入った清酒を持ち帰り、九十九は宇迦之御魂神の客室を訪れた。

仁喜多津の瓶を受けとると、宇迦之御魂神はにっこりと笑う。

「ちゃんと、いいものが造れたのね」

選んでくれたのは大山祇神だ。九十九は試食し、水を汲みにいっただけである。ちょっとした冒険にはなったけれど、大部分は大山祇神のおかげだった。

「宇迦之御魂神様が、大山祇神様に頼んでくれましたから」

正直に告げると、宇迦之御魂神は首を横にふった。

「でも、水を用意したのは、あなたでしょう？」

「それは……はい」

「だったら、それが一番大事なことなのよ。だって、これはあなたの儀式なのだから」

九十九の儀式。

そう告げられると、気持ちが改まる。

「いいかしら」

宇迦之御魂神は微笑みながら、九十九の頬を両手で包む。唇が弧を描き、琥珀色の瞳には優しさが浮かんでいた。

「私は、白夜を幸せにしてくれるのは、あなただけだと思っているわ。だから、あなたにも同じくらい幸福になってほしいの」

シロの幸せだけではなく、九十九の幸せも……九十九は、以前よりも考えているつもりだ。まだ足りていないと言うのだろうか。

「悔いのないようにしなさい」

その言葉が九十九の胸に落ちていく。

今まで九十九は、いくつかの選択をしてきた。

選択するたびに、これでよかったのかと迷う自分がいる。

いや、今だって悩んでいる。

神様であるシロとの関係……九十九は永遠の命を得ることを拒んだ。それが果たして正しかったのかどうか、九十九は悩んでいた。

このさき、後悔しないとも限らない。


——ただ、ずっと——。


宇迦之御魂神に、決意を確かめられている気がして、九十九は視線をそらしてしまう。

九十九の気持ちは見透かされており、誤魔化したところで、彼女には無意味なのだ。

わかっていても目をあわせていられなかったのは、本能的な自己防衛だった。

「甘えていいのよ」

宇迦之御魂神は、言いながら九十九の背に腕を回した。

まるで本当の母子みたいな抱擁《ほうよう》に、九十九は身を固まらせる。しかし、やがて肩の力が抜けていった。

天照のような、呑み込まれてしまいそうな魔性の魅力はない。母のごとき愛というよりも……大人が子供に、手を貸そうと差し伸べている。そんな優しさだ。

思えば、九十九は幼いころより、手のかからない子供であった。おそらく、両親やシロとの関係や距離感がそうさせたのだろう。物心ついたときから、「はやく大人になりたい」と背伸びしていた。一人前になって、自立したい。その気持ちが、いつの間にか「お客様のために精一杯がんばりたい」に変化していたので、忘れていた。

甘えるのが下手なんだ。わたし……。

「さあ、今日は早くお眠りなさい。人間の夜更かしは、お肌に悪いのでしょう？　美しいほうが、儀式も盛りあがるのだわ」

美しいほうが？　なんとなく、言い回しが引っかかった。

「明日の儀式って、なにをするんですか？」

「儀式よ」

「はあ……」

儀式の内容について、宇迦之御魂神の口から語ってくれる気はなさそうだ。九十九は釈然としない返事をするしかない。

「とにかく、ありがとうございます。明日は……よろしくおねがいします」

これ以上聞いても無駄なので、九十九は頭をさげる。

とにかく早く寝て、備えたほうがいいのは確かだろう。

実感はわかないが、気を引きしめなければならない。

その日の業務をすべて終えて、九十九は背筋を伸ばす。

両手をあげて肩をほぐすと、バキバキと音がした。働いているときは疲労など気にする余裕はないが、終わると、どっと実感する。

早く汗を流したい。九十九は露天風呂へと足を進めた。

この時間、お客様は使用しないので掃除をしたり、従業員が入浴したりするのだ。

湯築屋には、道後の湯を引いている。神気を癒やすという特別な効能がある湯だが、ちゃんと人間にも効く。自宅で温泉が楽しめると考えれば、なんて贅沢《ぜいたく》なのだろう。

「九・十・九！」

「ひっ！」

脱衣場へ入ろうとした背後に、突然、気配が現れる。

まさか、女湯の目の前に出てくるとは想定しておらず、九十九は肩を震わせながら跳びあがった。

「シロ様！　セクハラ！」

ぎりぎりのラインで拳は抑えたが、九十九は身構えながら叫んでいた。

シロが神出鬼没なのはいつものことだけれど、なにもお風呂に入る直前を狙わなくてもいいではないか。これは抗議する権利があるはずだ。

なのに、シロは面白くなさそうな顔で唇を尖《とが》らせている。どうして九十九が怒っているのか、わからないといった様子だ。

「儂は妻とイチャイチャしに来ただけなのに。問題があるのか？」

「い、今の感じだと、お風呂についてくる気なのかと……」

「そうだが」

「…………！」

一緒に入る気満々ですが、なにか？　あまりにも当たり前に返されたので、九十九は言葉を失う。

「妻と入浴するのは、悪いことなのか」

「どうしちゃったんですか。今日の開き直り方、なんかアレですよ！」

スキンシップが過剰でウザ絡みしてくるのは、いつものことで慣れている。けれども、今日のは種類が違う。

「アレとは？」

「アレっていうのは……その……」

ちょっと言いにくくて誤魔化していたところを拾われて、九十九は顔が熱くなってくる。

「いつもは、ほら……もっと、次元が低いというか、幼稚じゃないですか」

なかなか上手い表現が思いつかない。

とにかく、普段のシロは子供っぽい接し方だ。それなのに、いきなり一緒に入浴などと、ハードルがあがっている。男女のつきあいや、夫婦を意識させられる誘いだ。いや、夫婦なのだけど。そう。夫婦ではある。それでも……。

「まるで、儂が幼子のような言い草ではないか」

「言動が大人気なくて幼稚なのは、まあ……もう少し自覚してください」

「儂は、斯様にイケメンなスパダリだというのに」

「鏡を見て、スパダリの意味を調べなおしてください」

「スーパーダーリンであろう？　正真正銘、儂にこそ相応《ふさわ》しい言葉ではないか」

シロは無駄に格好をつけながら、九十九の髪に触れた。

言っていることは、しょうもないのに……流れるような動作一つひとつに目を奪われる。ゆっくりと迫ってくる琥珀色の瞳は、見つめれば見つめるほど吸い込まれそうだった。肌が白くて、唇が赤い。化粧なんてしていないのに、美しさにため息をつきたくなる。

これは目の毒だ。

小さいころから一緒にいるのに、全然慣れなかった。

「愛《う》いな」

シロは九十九の髪に唇を落とす。そればかりか、どんどん距離を詰められて、額に生暖かい熱が落ちた。

シロに触れられた部分が、ビリビリと痺《しび》れる。とてもやわらかくて温かいけれど、どんどん身体が麻痺《まひ》していった。

「九十九」

なにも言葉を発せなくなった九十九の顔を、シロがのぞき込む。どうすればいいのかわからなくて、九十九はぎゅっと目を閉じた。

すると、唇にも温かなものが重なる。なにが起きているのか察してしまうと、余計に目が開けられない。

シロの両手が九十九の背とうなじを支える。つい、こちらもシロの胸にしがみついて、両目をぎゅっと閉じた。

バク、バク、と。心臓の音が一段飛ばしで跳ねあがる。

シロが九十九に触ったり、キスしたがったりするのは、いつものこと。

いつものことなのに、同じではない。

それが怖くて、身体が震えて縮こまっていく。

だけど、そんなに嫌ではない。

自分でも、どうかしそうで、なにもわからなかった。

「そんな顔をされると」

不意に、シロの動きが止まる。

九十九を見おろして、眉根を寄せていた。

もしかして、また泣いてしまったのだろうか。以前に、シロから口づけを迫られて、涙が流れたことがある。あれから、いろいろ受け入れたのに、いまさら後戻りしたみたいで、申し訳ない。

九十九は急いで頬に触れて確認したけれど、濡れていない。化粧でしっとりとした、いつもの九十九の肌だった。

「……すまぬ。少し頭を冷やす」

「え？」

突然、シロが顔をそらすので、九十九は首を傾げた。説明してくれなければ、よくわからない。九十九は、こういうのには慣れていないのだから。

シロはチラリと九十九に視線を戻す。

珍しく、頬が赤かった。

「そのような顔で強請《ねだ》られると、正気を保てぬからな……儂は、ちょっとからかいたかっただけなのだ」

「ね、ねだ……ってなんか……」

わたし、どんな顔してたんですか!?　九十九は、もう遅いとわかっていながら、両手で顔を隠した。

シロも、着物の袖で九十九からの視線を遮っていた。

「強請っておるようにしか見えなかったぞ」

なんの話だ。九十九は抗議したかったが、なにも言葉が出ない。どうしようもない羞恥心だけが大きくなっていく。

「頭を冷やさせてくれ。儂はイケメンのスパダリだから、九十九をエレガントに導きたいのだ……あんな顔をされたら……なにをしてしまうか、わからぬ」

鏡ですぐに確認したい。いや、それよりも、ここから逃げるが先か。九十九は目が回って倒れそうだった。

「儂にだって、心の準備はある」

「なに言ってるんですか、シロ様……」

シロは、やはり九十九と目をあわせず、咳払《せきばら》いする。

「まあ、よい」

やがて、シロは九十九の頭に手をのせて、ポンとなでる。

「初夜でリベンジといこう」

シロは九十九から一歩さがり、距離をとる。九十九も、ふらふらとした足どりで、女湯へと歩く。

早々に、シロの姿も消えてしまった。

「ん……？」

だが、なにか大事なことを聞き流した気がする。

しょや。

初夜？

初夜って、なに……？

九十九はしばらく、目を点にして立ち尽くした。

初夜とは、いわゆるアレだ。結婚後に迎える最初の夜で……しかし、九十九はすでに、シロとの婚儀を終えている。その段階は、もう過ぎているはずだ。

とはいえ、結婚の儀式を行ったのは、九十九が物心つく前である。初夜に該当するイベントなど、あるはずもない。そもそも、湯築の巫女とシロの結婚に恋愛感情は不要で、もちろん、夫婦の繋がりも基本はない。

別の単語と聞きまちがえたのだろうか。

考えれば考えるほどわからない。

早くお風呂に入ってしまおう。頭がすっきりするかもしれないし、なによりも、疲れがとれる。

九十九は女湯の暖簾を潜った。

5

その日は、夢を見なかった。

夢を見ているのに慣れていたせいか、驚くほど目覚めがいい。九十九は、すっきりとした頭を起こし、うえに伸びあがった。清々しいとは、このことだ。

宇迦之御魂神との儀式の日。

しかし、九十九が準備したのは、せいぜい日本酒くらい。本当に、これで大丈夫なのかと心配になる。

それでも、宇迦之御魂神を信じて、九十九は儀式に臨むほかないのだ。

なにをするのかという不安はあるけれども、宇迦之御魂神を信じていれば大丈夫という安心感があった。

九十九は軽く寝癖を整えて、パジャマにカーディガンを羽織る。母屋の台所からは、朝ごはんの匂いが漂っていた。

「おはよう、つーちゃん」

いつものように、台所に入った九十九をふり返ったのは、父の幸一……ではなかった。

「お母さん？」

調理していたのは、登季子である。胸の開いたブラウスのうえから赤いエプロンをつけ、ニコリと笑っていた。

コンロにかかっているのは、味噌汁だろうか。ふわりと、いい香りがした。

「トキちゃんが朝ごはんを作ってくれてるんだよ」

ダイニングテーブルに、幸一がついていた。穏やかな表情で、登季子と九十九を見守っている。

「え、でも……どうしても、会っておきたい神様がいらっしゃるって……今日の朝には出発しちゃうんじゃなかったの？　飛行機、間にあう？」

登季子は湯築屋の女将だが、海外の営業担当でもある。

九十九の修行のため、近ごろは湯築屋に長く滞在してくれるが、それでも大事なときには、営業に出かけていた。

「そうなんだけど、つーちゃんの晴れ舞台って聞いたから、キャンセルしちゃった。娘なんだからさぁ！」

登季子は当然のように言い放ち、鍋から顔をあげた。九十九は席に座りながら、「晴れ舞台？」と首を傾げる。

「お祝いだからさ。お母さんがいないわけにもいかないだろう？」

仕事好きの登季子が営業をキャンセルするなんて珍しい。同時に、自分がそうさせてしまったのだという申し訳なさがわいてきた。

「トキちゃん、味噌汁が沸騰《ふっとう》してるよ」

登季子が目を離した隙に、鍋がぐつぐつと煮えていた。幸一に指摘され、登季子は慌てて火を消す。

「ごめんごめん。気をつけてるんだけど、ついやっちゃうんだよ。あんまり味変わらないだろう？」

沸騰させると、味噌の香りが飛んでしまう。けれども、登季子は大して気にする素振りもなく、アツアツの味噌汁を椀に注《つ》ぎわけた。

「トキちゃんが作ったものは、なんだって美味しいよ。ありがとう」

幸一は料理人だが、登季子や九十九が作るものには寛容だ。細かな味つけや失敗には文句をつけない。

食卓に皿が並ぶ。

「……でも、お祝いって？　なにも、ないけど？」

九十九本人には、とくに覚えがなかった。

しかし、登季子も幸一も、にこやかに娘をながめてくる。

テーブルには、並べられる焼き塩鮭と、ほかほかの白ごはん。麦味噌汁も、充分にいい香りがしている。

「え？」

普通に朝食の雰囲気だが、なにも説明されていない。

九十九だけが、パチクリと目を開閉させ続けた。

どうして、こんなことに⁉

自分の置かれている状況がわからず、九十九は言葉を失っていた。

「神前式みたいなものだし、白無垢《しろむく》がいいんじゃないのかい？」

「なにを言っていますの？　若女将は十代なのですよ。肌をたくさん出したウエディングドレスのほうがいいに決まっています！」

「ワカオカミちゃんは、なんだって似合うんだからキモノドレスがいいわよ。あたしと同じ。姉妹みたいで可愛いじゃないの！」

呆然とする九十九の前で言い争っているのは、登季子、天照大神、アフロディーテの三者であった。登季子は女将、天照とアフロディーテはお客様であるが、それぞれ一歩も譲らない勢いがある。

「な、なんの話をしてるんですか……だいたい、ご宿泊中の天照様はともかく、どうしてアフロディーテ様まで……」

天照は湯築屋の常連客で、長期連泊が多い。アフロディーテも常連ではあるが、今回、宿泊の連絡は受けていなかった。

アフロディーテは美しすぎるバストラインを強調しながら鼻を鳴らす。

「もちろん、ワカオカミちゃんの結婚式を手伝うためよ」

とても様になっていて、見惚《みと》れてしまう。そのせいで「そうなんですか」と答えそうになったが、九十九は意味を再確認して目を剥《む》く。

「誰の結婚式ですか⁉」

「あ・な・た・の・よ！」

聞き間違いではなかった。

「どういうことですかー⁉」

九十九が叫ぶと、アフロディーテも天照も登季子も、にっこりと笑い返す。

「だ、だって……儀式って……」

今日は宇迦之御魂神との儀式をするという約束だったはずだ。

それなのに、どうして結婚式なのだろう。どこで、どう説明が捻《ね》じ曲がったのか知りたかった。

「いいから、いいから。まかせておきなよ」

「で、でも」

ロクな説明もされないまま、登季子が九十九の前に姿見を置く。

「仕返しだよ」

不敵に笑った登季子は、短くそう告げた。

アフロディーテとジョーが結婚式を挙げたとき、九十九はサプライズを仕込んだ。幸一との結婚式を行えていなかった登季子のために、ドレスを用意したのである。登季子の驚きようは、今でも覚えていた。

その仕返しだと言われると、九十九は黙らざるを得ない。

「ウエディングドレスにいたしましょう。瑞々《みずみず》しい肌を出さぬ理由がございません」

天照が主張しながら九十九の右手に触れる。

すると、九十九の着衣が舞いあがり、軽やかな白いドレスに変じた。天照の希望通り、胸元や肩が大きく開いた大胆なデザインである。九十九は気恥ずかしくて、背中を丸めてしまう。

「キモノドレスよ、キモノドレス！　肌も見せられるし、派手だもの！」

アフロディーテも対抗しながら、左手をつかんだ。

その瞬間、純白のドレスが和柄に変じる。鶴の意匠が華やかなばかりではなく、髪飾りや帯に使用されたエメラルドグリーンが鮮やかに目を惹いた。やはり、肩が大きく開いていてスースーする。

「お、お着物のほうが……落ちつくかも……」

九十九はドレスなんて着慣れていないので、小さくつぶやいてしまう。

そもそも、どうしてこんな衣装選びをしているのかも、謎だった。誰かそろそろ説明してほしい。

天照とアフロディーテは、やや不満そうだったが、「わかりました」と指を鳴らす。途端に、九十九のドレスは綺麗さっぱり消え去り、代わりに白無垢をまとっていた。

「もう……キモノは構わないし、こういう伝統なのはわかっているのだけれど、地味だわ。せめて、色か柄をつけましょうよ」

「では、色打掛《いろうちかけ》にいたしましょうか」

アフロディーテの提案に、天照が肩を竦める。

九十九の着物に、足元からグラデーションのように色が入っていく。まるで、着物の柄が生きているかのような動きだ。やがて、四季折々の花が着物全体に咲き乱れた。金糸や銀糸をふんだんに使用した豪華な模様である。

「これは、あたしから」

アフロディーテが、九十九の髪にキスをした。

鏡に映る髪型が変わる。毛先をふわふわに遊ばせたアップヘアーが可愛らしく、着物の柄と同じ生花が、髪飾りとして咲いた。生花を飾るようにキラキラ光っているのは、伊予《いよ》水引だろうか。

いつの間にか、お化粧もしてある。普段よりも大人っぽくて、垢《あか》抜けた印象だ。それでいて、肌のトーンも明るくなって、瑞々しさが強調されている。

綺麗……。

思わず、九十九も放心してしまった。これは本当に、自分なのだろうか。つい、両手を広げて着物を観察する。

「さあ、張り切って行くよ」

登季子がぽんっと、九十九の背中を押した。

その途端に、目の前にあった襖《ふすま》が左右に開く。

九十九は突き飛ばされる形で、大広間に放り出された。

「待っていたのだわ」

最初に飛び込んだのは、宇迦之御魂神の姿だった。

白い狩衣をまとい、九十九に向かって微笑んでいる。その姿がシロに似すぎていて、九十九はすぐに言葉を発することができなかった。

「……宇迦之御魂神様。これって、どういう……？」

「みんな、待っていたのだわ」

宇迦之御魂神が視線を九十九から外す。

九十九も、釣られるように大広間を見渡した。

広間の両端に並んで控えていたのは、湯築屋の従業員たちだ。番頭の八雲、仲居頭の碧《みどり》、コマ、アルバイトの小夜子《さよこ》や将崇《まさたか》。そして、燈火《とうか》の姿もあった。

奥にも視線を向けると、湯築屋のお客様たちもいる。

「ワカオカミ、これは美しい！」

「ちょっとダーリン。目が嫌らしくてよ」

ギリシャから駆けつけたのか、ゼウスとヘラが座っている。インドのアグニ、シヴァもいた。伊波礼毘古《いわれびこ》や菅原道真《すがわらのみちざね》、須佐之男命《すさのおのみこと》、大山祇神までそろっている。

「なるほど。実に興味深いね」

「こりゃあ、筆舌に尽くしがたい」

お袖《そで》さんの隣で、俳句を詠もうとする正岡子規《まさおかしき》、綺麗に着飾ってお化粧もバッチリの火除《ひよ》け地蔵、テンション高めにピースサインするツバキさん、少彦名命《すくなびこなのみこと》と会話している大国主命《おおくにぬしのみとこ》、涙で顔がぐちゃぐちゃの田道間守《たぢまもり》……。

みんな、どうして集まっているのだろう。

途方に暮れている九十九に対して、宇迦之御魂神が微笑んだ。

「婚礼の儀よ」

「え……でも……」

九十九はポカンと口を半開きにする。

問うまでもなく、シロとの婚礼だろう。しかし、九十九とシロの間には、すでに婚礼の契りが結ばれている。

「もう一度、儀式を行うのだわ」

「もう一度？」

「そう。もう一度……契約を結びなおすことで、繋がりをより強固にできるから。あなたがいっそう、白夜と近くなるために」

宇迦之御魂神の目には、「白夜の役に立ちたいのでしょう？」と書かれてあった。

九十九は息を呑んで、視線をさげる。

「でも、それって」

恐ろしい考えが脳裏を過った。九十九とシロの結びつきが強くなってしまうと、どうなるのか。

神様に近づいてしまったら、九十九は人ではなくなって――。

「杞憂《きゆう》よ。これは、そういう類《たぐい》の契りじゃないわ」

九十九の思考を読んだかのように、宇迦之御魂神は手を差し出した。

騙《だま》そうとしているわけではない。宇迦之御魂神は、そのような神ではなかった。第一、こんなに神様や従業員がそろう前で、九十九に嘘をつけないだろう。

「……信じます」

九十九はあまり長く考えず、宇迦之御魂神の手をとった。

「あと、あなたは幼すぎて、自分の婚礼を覚えていないのでしょう? もったいないと思うわ。今日は存分に楽しんでほしいの……これは、白夜を孤独から救ってくれた、私なりのお礼なのだわ」

少女のような可憐《かれん》な表情で、宇迦之御魂神は九十九を導いた。

そして、彼女のうしろに立っていた影を示す。

「あ……」

見慣れているはずなのに——心臓が止まりそうだった。

いつもの衣装ではない。

純白の束帯に身を包んだ肩から、白い髪が落ちる。

こちらをふり返る動きにあわせて、ピシリと整った袴《はかま》が優雅に揺れた。動作一つひとつが、普段通りなのに洗練されている。

琥珀色の瞳を向けられるとき、九十九は息を止めてしまった。

「九十九」

シロが九十九を呼んだ。

九十九はシロに見惚れていて、反応が一拍遅れる。

「……は、はい」

緊張で上擦《うわず》った声を発しながら、九十九は前に歩いた。

右手と右足が同時に出てしまう。着物での歩き方は常日頃から染みついているはずなのに、ぎこちない。

「ひ」

緊張しすぎだ。着物の裾を踏んで、九十九の身体は前のめりに傾いていった。恥ずかしいと感じる暇もない。

「九十九、大丈夫か？」

ふわりと、身体の傾きが止まる。九十九の胴を支える二本の腕がたくましくて、いつまでもしがみついていたかった。

「ご、ごめんなさいッ」

しかし、シロに抱きとめられたのだと気づき、九十九はすぐに身体を起こす。この段階になって、ようやく顔が熱くなってくる。

こんなにたくさんのお客様が見ている前なのに……けれども、周囲の空気は和やかなもので、笑って流していた。

婚礼の儀と言っても、結婚式ではない。正式な手順で儀式を行いさえすれば、綺麗な衣装も、参列者も必要ないはずだ。

それなのに、みんな集まってくれた。

ここにいるのは、神様ばかりだ。儀式の意味も、手順も知っているだろう。承知のうえで、九十九とシロのために湯築屋へ集まっているのだ。

恥ずかしいけれど……単純に嬉しかった。

「みなさま……ありがとうございます」

九十九は自然と、参列者に向けて謝辞を述べていた。もっと、気の利《き》いた言葉があったかもしれない。結婚式のスピーチだと思えば、幼稚すぎる。それでも、九十九にとっての精一杯だった。

九十九とシロは、手に手をとって広間の奥へと歩く。和装なのに、どこからか花びらが舞っていた。ヴァージンロードみたいだ。

広間の最奥には、祭壇が用意されていた。

朱塗りの台に鏡が置かれ、小さな鳥居が立ててある。一段下がったところに、白磁《はくじ》の徳利《とっくり》と大中小の杯が備えてあった。

祭壇の前にシロと九十九、並んで正座する。

「儀式の手順は、わかるかしら？」

宇迦之御魂神に問われ、九十九はコクリとうなずいた。もう幼いときの儀式は覚えていないけれど、どのようにするのか聞いたことがある。

「シロ様……」

まずは、九十九がシロの小さな杯に御神酒を注ぐ。お酒の香りで、昨日、九十九が買ってきた仁喜多津であるとわかる。

水みたいに透きとおった御神酒で杯が満たされると、今度はシロが九十九の杯に徳利を傾けた。

「九十九」

鏡のように、杯には九十九の顔が映っている。視線をあげると、シロの琥珀色の瞳があり、心臓が大きく、ゆっくりと、ドキ、ドキ、脈打った。

緊張している。

しかし、穏やかな気持ちだ。

九十九とシロは、祭壇に向きなおる。

二十歳になっていないので、九十九は御神酒を飲む必要はない。

先にシロが御神酒を三度にわけて飲み干す。それを確認して、九十九も御神酒に三度口をつけた。

それを二の杯、三の杯でもくり返す。三つの杯は、それぞれ夫婦の過去・現在・未来を表しているらしい。

最後の杯。隣でシロが御神酒を飲む。

九十九は前の二杯と同じく、飲まずに口をつけた。

「………」


だが、三度目に口をつけた瞬間、違和感を覚える。

視界が歪んだ。

祭壇がぐにゃりと曲がり、畳が回っている。

あれ……酔っちゃったのかな……飲んだつもりなんてないのに……。

宙にふわふわと意識が漂う感覚。まるで、夢の中みたい——夢なのかもしれない。現実との境界があいまいで、正しさがわからなかった。

「あれ……」

九十九の目の前を、黒い影が横切っていく。

ちょこんとした四本足と、ふわふわの尾。漆黒の毛並みをしているが、すぐに「狐だ……」と思った。

自然と視線が黒い狐に吸い寄せられる。

いつの間にか、九十九はどこかの道に二本の足で立っていた。みんなの集まる大広間はない。天照たちに着せてもらった美しい衣装も、いつもの私服に変化していた。

「ここ……」

辺りを見回すと、よく知っている景色だ。

道後温泉街の入り口であるアーケード商店街。放生園の足湯には、楽しげな観光客の姿がある。そこから緩やかに延びる坂の先には、八幡造りの伊佐爾波神社が鎮座していた。

黒い狐は、その坂道を歩いていく。ときどき九十九をふり返る仕草が「ついてこい」と言いたげであった。

この先には……湯築屋がある。

いつもの道。

九十九が見慣れた景色だ。

あの狐は、なんだろう。見覚えがあるのに、思考が上手く働かなかった。

以前にも会った……天照に見せられた夢にも出てきた気がする。いや、それより前にも……。

「え？」

やがて、坂道をのぼった先。

九十九は強烈な違和感に苛《さいな》まれ、足を止めてしまう。

あるべきものが、ない。

なんの変哲もない、木造平屋の温泉宿。暖簾がかかった門が、そろそろ確認できる頃合いだ。

九十九が見知った景色。

湯築屋の外観。

「うそ……」

思わずつぶやき、九十九の足が一歩、二歩と前に出た。だんだん歩調が速まり、走って狐を追いかける。

やがて辿り着いた場所には、空き地があった。

雑草が生え、長らく誰も使っていないのが明らかだ。この空間だけぽっかりと穴が空き、道後の街に置いていかれてしまったかのよう。

九十九が空き地に踏み込んでも、なにも起きない。建物どころか、ここにあるはずの結界そのものが消えている。

湯築屋が……ない。

愕然《がくぜん》として、声が出なかった。

「どういうこと？」

今見ているのは、ただの夢だろうか。

信じられずに、九十九は敷地内をぐるぐると歩き回る。

けれども、嘘ではないと言いたげに、黒い狐が九十九の足元に進み出た。九十九は放心した状態で、狐と向かいあう。

この狐、やっぱりどこかで……。

肩が揺れて、はっ、と気がつく。

九十九は両の目を大きく見開いた。

身体が前に倒れかけていたようだ。畳に御神酒がこぼれている。

夢から……醒《さ》めた？

「九十九！」

シロが叫び、九十九の肩を揺らしていた。切迫した声で、何度も何度も、九十九を呼びながら縋《すが》るように抱きしめる。

「シロ様……」

まだ頭がぼんやりとしていて、動悸《どうき》が激しい。それでも、シロを安心させたくて、九十九は声をしぼり出す。

「九十九……大事ないか？」

身体は大丈夫だ。意識もはっきりとしている。

「はい」

九十九はコクリとうなずいた。

なにがあったのだろう。九十九にも、わからない。

ただ……九十九は、畳にこぼれた杯を見おろす。

大中小の杯には、意味がある。小さい一の杯は、過去。二の杯は現在。そして、大きい三の杯は未来だ。

未来を意味する御神酒に口をつけた瞬間に見た白昼夢。

あれは、湯築屋の未来？

そう考えた途端、背筋が凍った。

「どうした、九十九。顔色が悪い……」

シロが九十九の顔をのぞき込む。

「い、いえ……」

しかし、九十九は首を横にふった。

「お酒が、口に入っちゃったみたいで……」

なにがあったのか、とても言えない。

九十九は下手に誤魔化して、苦笑いをした。こっぴどく酔っ払ってしまった前科があるので、説得力はあるだろう。

湯築屋がなくなる夢なんて……。

それに、夢に出た狐。今にして考えると、神使であったころのシロと似ていた。そして、どこで見たのか、完全に思い出してしまう。

あれは、黒陽《こくよう》。

シロと対となる存在で、宇迦之御魂神の神使だ。

けれども、黒陽はもういない。シロが月子を救ったとき、代償として命が絶たれてしまったのだ。

とてもシロに言える話ではなかった。

「それならば、よかった」

九十九の言葉に、シロが心底安堵《あんど》している。細い身体をきつく抱きしめられたので、九十九もシロの背に手を回した。まるで、怯《おび》える子供だ。早く落ちついてほしくて、そっと背中をなでてあげる。

夢のことも、あとで考えればいい。

九十九は一度、思考を放棄した。

「シロ様、九十九ちゃん」

しばらくそうしていると、小夜子から声をかけられた。優しく笑いながら、九十九のそばに立っている。

小夜子だけではない。参列していたお客様も、従業員も、みんな九十九たちを囲んで笑っていた。どちらかというと、「にやにや」といったところか。

九十九の顔が熱くなっていく。一方のシロは、まだ九十九に抱きついていた。頬ずりなどされてくすぐったい。

「九十九、九十九」

「し、シロ様……！　ちょっと離れませんか！」

九十九はシロの身体を引き離そうと、ぐいぐい押した。それでも、シロは九十九にしがみつく。

「何故《なにゆえ》。九十九と儂の仲睦《なかむつ》まじい夫婦っぷりを、皆に見せつければよかろう！」

「わかってるんだったら、離してくださいよ！」

「嫌だ！」

「ワガママですか！」

途中から、確信してやっていると気づき、九十九はシロの肩をバシバシ殴《なぐ》った。けれども、それくらいではビクともせず、シロの顔にニヤリと笑みが描かれる。なんだかとっても腹が立つ。

「さあさあ、イチャイチャはそこまでにして」

不毛なやりとりをしていると、登季子が両手を叩いて注目を集めた。イチャイチャしていたつもりはないのに……。

「みなさま、宴の準備ができておりますよ」

にっこりと笑いながら、登季子が広間の襖を開ける。

続き間には宴席の用意がしてあり、すぐに飲み食いできる状態だった。いつの間にか、八雲や碧が、おもてなしの準備をしていたようだ。

「おうおう。祝いの席には、酒がないとはじまらぬ」

「飲み明かそうではないか」

お客様たちが楽しげに宴席へと移動していく。結婚式の披露宴、というよりは、宴会のノリだ。

宴席会場となった広間には、それぞれの御膳が並べてあるほかに、大皿に盛られた特別料理も用意されていた。

お祝いの席らしく、大きな真鯛が尾頭付きで舟盛りの刺身になっている。それだけではなく、一尾丸々の煮つけが添えられた鯛素麺。四色の彩りをつけて糸こんにゃくのうえに盛られた、ふくめん。鯛、海老、ハマグリなどの食材を豪快に焼いて大皿にのせた法楽焼《ほうらくやき》など……どれも愛媛県の祝い事で振る舞われるメニューだ。

中央には、ウエディングケーキも用意してあった。薔薇の生花によって飾りつけられた意匠が美しく、一際目を惹く。こんなもの、いったい、いつ用意したのだろう。幸一や将崇が、九十九に隠れて準備したと思うと、感心するしかなかった。

お祝いのお料理を囲むお客様の人数は多いけれど……いつもの湯築屋の光景であった。

神様たちが集い、語らい、美味しいごはんを食べている。

湯築屋の日常だ。

他愛もない、しかし、かけがえのない。

「九十九、行くぞ」

ぼんやりしとしている九十九を、シロが抱き起こす。

「はい」

返事をする九十九の脳裏には、夢で見た未来がよみがえってしまう。

今、目の前に広がる日常。

これが消えるなんて……考えられない。

もしも、そんなことがあるのならば、九十九は絶対に阻止したい。

「………」

お客様たちは、みんな楽しげに飲み食いしている。

けれども、その中で宇迦之御魂神だけは、黙って九十九たちを見つめて佇んでいた。

九十九が首を傾げると、ただ宇迦之御魂神は微笑みで返す。

「さあ、宴《うたげ》なのだわ。主役がいないと駄目でしょう?　ケーキ入刀とやらを披露してちょうだい」

手招きされて、九十九は慌ててうなずいた。

神様たちの宴は、深夜まで続いた。

選　選択の夢

1

夜も更け、宴も終わる。

神様たちが酔うことはないが、テンションはあがっていた。

彼らはたいていお酒とにぎやかな席が好きである。湯築屋の従業員が忙しなくお酒とお料理を運んでいた。

九十九も一緒におもてなしをしたかったけれど、大人しく花嫁をしていろと、シロの隣で座らされてしまう。

みんな九十九の花嫁姿を喜んでいた。

燈火と天照には写真をたくさん撮られ、途中でツバキさんも参戦する。その過程で、衣装をたくさん着せ替えさせられて、お色直しどころではなかった。

ほかにも、お客様が代わる代わるノンアルコールのお酒を注ぎにくるので、すっかり疲労困憊《こんぱい》だ。

一日中笑顔で働き続けるなんて日常茶飯事なのに、別種の疲労がたまっていた。

「花嫁って、疲れる……」

ヘトヘトになって、九十九は布団に倒れ込む。

やっと母屋の自室に帰れて、どっと気が抜けてしまった。へなへなとした動きで、着物の帯を緩めて髪を解《ほど》く。

湯築屋の若女将として宴のセッティングをすることは多いが、自分が主役になるのは初めてだ。おもてなしされる側も楽ではないとわかった。いやしかし、あれでは客寄せパンダ状態だ。

でも……楽しかった。

今日をふり返ると、九十九の唇が緩む。

お酒は口にしていないが、楽しい場にいられて嬉しい。外側でおもてなしをするのとは、全然違う。みんな九十九を中心にして笑っていた。

「ふ……うーん……」

九十九は布団のうえで背伸びをする。今日は気持ちよく眠れそうだ。

まずは着替えたほうがいいのはわかっているが、少し休憩。九十九は着物を緩めたまま、仰向けに転がった。

こうやって、ぼんやりしているのが一番リラックスできる。

「九十九」

「ふぁ⁉」

変な声で叫んでしまった。

いきなりシロが現れて、顔をのぞき込まれていたのだ。九十九は慌てて飛び起きようとしたが、そうすると、目の前の顔とぶつかってしまいそうで動けなかった。

「シロ様、なんで⁉」

九十九は苦情のつもりで叫んだ。

すると、シロは涼しい顔でにっこりとする。

「愛しい妻との初夜を愉しみにきたのだが」

「しょ、しょや……？」

一発で漢字変換ができなかったが、初夜だ。

「昨日から、初夜ってなんですか……」

あまりに頭が回らなすぎて、ふわふわとした質問をする。そんなことよりも、休みたいので早く帰ってほしいとおねがいしたほうがいいのに。こんなときにこそ、綺麗すぎる顔に一発拳をお見舞いすべきだ。

だいたい、婚姻の儀を結びなおしただけで、九十九は新妻ではない。前から妻だった。いまさら初夜とかなんとか言われたって、「単に理由をつけて夜這《よば》いしたいだけでしょ！」

という感想しか抱かない。

シロは整った唇に弧を描く。琥珀色の眼差しが妖艶《ようえん》な色を帯び、絹のごとき白髪が肩から落ちる。

サラリとした一筋が、九十九の顔にふってきた。

「教えてもよいのか？」

シロの細くて長い指が、九十九の顎《あご》に触れる。親指が頬をなで、やがて、唇へと移っていった。

九十九はなにも言い返せず、ただ身を縮こまらせる。

「九十九が望まぬことはしたくない」

額に唇が落ちた。

次いで耳に吐息が押し当てられ、囁《ささや》く声で頭が蕩《とろ》けてしまいそうだ。

思考力がとにかく削《そ》がれ、まともに考えられなくなってくる。

「わたし……」

首筋を軽く噛まれて、ようやく声が漏れた。

九十九はのろりとした動作で、身を起こす。シロはその動きを阻害せず、黙って九十九を見ていてくれる。

手が震えていた。

これまでだって、何度も何度もシロに触れられている。キスだって……なのに、今になって怖がるなんて、おかしな話だ。

シロのことは大好き。

ずっと一緒にいたいし、もっと触ってほしい。

九十九だけを見ていてほしい。

そんなワガママだって考えてしまう。

九十九にはシロを拒む理由なんてない。なのに、いつもどうしても一歩退いている。そういうところが傲慢《ごうまん》で、シロにも不誠実なのは理解していた。

「シロ様……動かないでください……」

九十九は弱々しい声で、シロの手に触れた。

触られるのと、自分から触るのとでは気持ちが全然違う。普段よりも、いっそう強く心臓が跳ねた。

シロは九十九に言われた通りに、動かないでいる。長い睫毛《まつげ》を伏せ、九十九がなにをするのか、じっと待っていた。

九十九は意を決して、身体を前に傾ける。

震えながら、シロのまぶたに唇を当てた。

稚拙《ちせつ》で子供みたいな口づけだ。それでも、次は腰を浮かせ、両手を頬に添えながら額にキスをする。シロが九十九にやってくれるのと同じようにした。ちゃんと、上手くできているか不安で、一つひとつの動作が覚束ない。

「九十九」

シロが九十九の胸に顔を寄せた。汗をかいているので、あまり嗅がないでほしい。

「動かないでくださいって、言ったじゃないですか」

九十九がむくれると、シロはつまらなそうに唇を尖らせる。そんな顔をするなんて、ずるい。

「教えてもらわなくたって……いいので……」

九十九はシロの頭をぎゅっと抱きしめながらつぶやいた。恥ずかしくて、表情を見られたくない。

シロが九十九の腕の中で、視線をあげる。目と目があうだけでも、逃げ出したくなってしまう。

しかし、九十九は固唾を呑み、シロに顔を近づけた。

ゆっくりと唇と唇が引かれあっていく。すぐそこにある吐息を、肌で感じることができる。何度か体験しているはずなのに、いつまでもドキドキしていた。

生暖かい唇が触れあって、距離がゼロになる。

その途端、逃がさないとばかりに、シロが九十九のうなじに手を添えた。

九十九は軽く抵抗するが無駄で、布団のうえに転がされてしまう。唇が塞《ふさ》がったままなので、文句も言えない。

今までのものは、キスだなんて言えないのかもしれない。シロは九十九が知らない口づけをしながら、髪を優しくなでる。荒っぽくて力強いのに、愛しさが伝わって、それだけで心の奥が満たされていく。

「九十九、大丈夫か？」

けれども、ふとシロの動きが止まる。不安そうに九十九の顔をのぞき込み、指で頬をなでた。

九十九の目から一筋の涙が流れている。

「いえ……平気です」

熱に浮かされたような声で答えながら、九十九は涙を拭った。

そして、唇に弧を描く。

「嬉しくて」

満たされた想いが、涙になってあふれてしまった。

九十九の心は、嬉しさを受け止めきれなかったのかもしれない。

シロは不安そうに気づかっていたが、やがて、ニヤリと笑みを作る。

「もっと泣かせてしまうぞ？」

返事をするまえに、再び唇を塞がれる。

息ができないくらいの情熱に戸惑って、九十九はぎゅっと目を閉じた。

熱くて、優しくて、愛しくて……。

九十九の知らないことばかりだった。

2

それは、まるで夢のようだった。

不思議なもので、目覚めはすっきりとしていた。

「ん……」

布団から身体を起こし、九十九は背伸びした。

開けっぱなしの窓からは、藍色の空が見える。開けておいても、湯築屋の結界では風が吹かず、虫も入ってこない。

隣に視線を移すと、誰もいなかった。

綺麗に布団が敷いてあり、ずっと九十九独りだったかのようだ。

一抹《いちまつ》の寂しさが九十九の胸を過り、「本当に夢だったのかもしれない」と思えてきた。

たしかな証拠が欲しくても、残り香もない。

一方で、思い出すだけで顔が熱くなってくる。

九十九が知らないシロだった。シロとは生まれたときから一緒だし、いつも触れあっているのに……。

九十九はブンブンと首を横にふる。

忘れよう、忘れよう！　頭がポンコツになっちゃう。

「若女将……？」

そのタイミングで、襖の向こうから声がした。コマだ。

「は、はいー！」

九十九は慌てて返事をする。身支度は済んでいないが、コマは家族のようなものだ。あまり気にしなくていいだろう。

すっと、襖が数センチ開き、ぴょこりとコマが中をのぞき込む。

「ああ、若女将っ……よかったですぅ」

九十九の顔を見た途端、コマが一安心といった具合に胸をなでおろす。

「全然起きてこないので、体調でも崩しているのかもしれないって心配で……」

「え」

コマの心配とは裏腹に、九十九は目を剥いた。

急いで時計を確認すると……もう十時半。午前中とはいえ、いつもよりずいぶんと寝てしまった。

「うわ……寝坊。どうして、起こしてくれなかったの」

頭を抱えると、髪がわずかにもつれている。そういえば、昨日はお風呂にも入っていない。最悪だ。本当なら、早起きして朝風呂をすべきなのに。

「女将が、お疲れでしょうから、そのままにしておきなさいって。でも、やっぱりいつもより遅いので心配になって」

コマは穏やかな面持ちで、ぺこんと頭をさげた。

「今日はゆっくりお休みしてください」

「そ、そういうわけには……」

昨日の儀式に集まったお客様たちが湯築屋に宿泊しており、いつも以上に忙しいはずだ。とはいえ、すでにお見送りを済ませたお客様も多い時間帯なのだが……九十九は覚えている限りの宿泊客を指折り数えて、身体を起こす。

「すぐに支度します」

コマは頼りに「大丈夫ですっ！」と言っているが、うかうか眠っていられない。弛《ゆる》んだ気持ちを引きしめなくては。

頭を仕事モードに切り替えて、九十九は顔をパンパンッと叩いた。

と、急いで支度をしたのに。

「あら、つーちゃん。寝てていいのに」

「若女将。無理をしなくていいんですよ？」

着物を身につけ、湯築屋に現れた九十九に、登季子も碧もにこやかに声をかけた。二人とも、忙しく働きながらも、「休んでいて」と九十九を労ってくれる。

九十九は口を曲げた。

「ううん。みんなにまかせてばかりいられません。昨日はおもてなしされたから、今日はがんばって働きます」

午前中を無為にしてしまったのだ。挽回しなければならない。

「昨日は結婚式だったし、疲れてるだろう？」

登季子は九十九の肩を叩き、ニッと笑った。

「気持ちは嬉しいですが、若女将。今日はやめておいたほうがいいですよ」

やめておいたほうがいい？　碧の言い回しが引っかかり、九十九は眉根を寄せた。

「大丈夫ですよ。しっかり寝たので、疲れもとれました。今、とっても頭が冴《さ》えているんです」

雑念がないとは言い切れないが、仕事は問題なくできる。身体も軽いし、頭が冴えているのも本当だった。

「でも、つーちゃん。今、出ていったら天照様たちが――」

「お母さん、大丈夫だってば。わたし、浴場の点検してきます！」

みんな大袈裟だ。たしかに、結婚式は疲れたし、朝寝坊はしてしまったけれど、働くには充分だった。

九十九は意気揚々と浴場へと向かう。うしろから、「休んでていいのに」と聞こえてくるが、無視だ。無視。

今の時間は入浴するお客様も少ない。ささっと掃除を済ませたら、昼餉《ひるげ》の配膳をする頃合いだろう。昼餉を希望するお客様はあまりいないので、大した仕事にはならない。休めとうるさい登季子たちも、これくらいなら許してくれるはずだ。たぶん。

「あ、ワカオカミちゃーん！　昨日はどうだったー？」

浴場へ向かう途中、廊下の前方からアフロディーテが手をふって歩いてくる。

「ああ、アフロディーテ様。昨日はありがとうございました。おかげで、とっても楽しかったですよ」

九十九は何気なく答えて笑った。

しかし、アフロディーテは人差し指を立てて舌を鳴らす。

「違うわよ」

「え？」

意味ありげにウインクされても、九十九はなんのことかわからない。考え込んでいると、アフロディーテは九十九に耳打ちした。

「………………！」

アフロディーテの問いに、九十九はビクンと肩を震わせた。全身から変な汗が流れて、顔が火照《ほて》ってくる。

「な、なんのことですかね……」

「あら、照れているの？　やっぱり、ワカオカミちゃん可愛らしい」

アフロディーテは九十九の胸に指を当てる。触れている部分は少ないのに、じっくりとなで回されている気がして、くすぐったい心地だ。

「女神様が、いろいろ教えてあげるわよ。手取り足取り、ね」

強烈すぎる色香が九十九を襲う。なにもされていないのに、頭がクラクラして思考を放棄しそうになった。

「け、け、結構です！」

だが、九十九は自制心を保って首を横にふる。

これ以上、話していたら駄目だ……！

本能的に悟って、九十九は方向をキュッと変える。

「まあ、若女将。今日はいっそう、肌艶《はだつや》がいいですわね」

アフロディーテからの逃走を試みる九十九の前に、天照が都合よく反対側からやってきた。謀ったとしか思えないタイミングだ。現に、天照の顔にはアフロディーテと似たような種類の笑みが浮かんでいた。

これのことかー！

登季子たちが、頻りに「今日は休め」と言っていた理由を、九十九はいまさら理解してしまう。

たしかに、アフロディーテや天照に捕まったら、仕事どころではない。

「ワカオカミちゃん、ガールズトークしましょ」

「わたくしたち、ていねいに教えて差しあげますわよ」

「え……えーっと……」

天照から目をそらすと、アフロディーテが視界に入る。右を見ても、左を見ても、笑顔の女神が迫っていた。

両者とも、「根掘り葉掘り聞きたいし、初心《うぶ》な九十九をイジって遊びたい」と顔に書いてある。

ど、どうしよう……九十九は顔を引きつらせた。

もはや、女神たちに捕まって、恥ずかしい尋問を受けるしかないのだろうか。こんなことなら、登季子たちに甘えて休んでいればよかった。どうして、親の忠告を聞かなかったのか、いまごろになって悔やまれる。

「………？」

腹をくるほかない。そう思ったとき、足元に気配を感じた。

蛇だ。白い蛇が、九十九に忍び寄っている。

「ミイさん？」

道後公園内にある、岩崎《いわさき》神社に祀《まつ》られる大蛇の神様だ。獰猛《どうもう》で人を襲う黒いミイさんと、それを鎮《しず》める白いミイさん。二面性を持つ神様である。

ミイさんは、九十九を見あげてチロチロと細い舌を出していた。人間の姿にもなれるのに、どうして蛇なのだろう。このほうが移動しやすいのかな。などと、九十九はのんきに考えていた。

だが、次の瞬間。

「へ⁉」

ミイさんのサイズが急に人間の背丈を超すほどの大蛇へと変じる。

以前に道後公園で見たミイさんに比べると小さいものの、九十九を頭から食べるには充分であった。

「ひっ」

逃げることすらできずに立ち尽くす九十九を、ミイさんは大きな口で襲う。頭から足の先まで、すっぽりと丸呑みにされてしまった。噛まれていないので、痛みはない。

九十九はミイさんの中で目を閉じて、ぐぐっと縮こまる。

ミイさんの身体がシュルシュルッと、這っていく感覚だけがはっきり伝わり、ぞわぞわ身の毛がよだつ。神様の体内だと理解していても、気持ちがいいものではない。息もできず、ただただ混乱していた。

そういえば、蛇は動物を捕食するとき、噛まずに飲み込むらしい。九十九も、このままミイさんの中で消化されるのだろうか。

「……はぁッ」

時間にすると、短かったのだろうが、九十九には数時間にも感じられた。

ほどなくして、九十九はミイさんの口から吐き出される。髪がベトベトするし、着物が生臭い。魚にでもなった気分だ。

「ごめん」

ミイさんは、人の言葉で告げて元のサイズへと戻っていく。

「はあ……し、死ぬかと思いました……あれ？」

いきなりだったのでびっくりしたが……よく見ると、庭へと移動していた。

「もしかして、ミイさん。わたしを助けてくれたんですか？」

丸呑みして、女神たちの挟撃から救ってくれたのだ。ミイさんは肯定して、コクリとうなずいた。

そもそも、湯築屋の結界はシロの領域である。特殊な条件でもそろわない限り、敵意を持つ者は排除されるし、神気も制限されるのが常だ。九十九を食べてしまおうとする神様は、通常ならば存在しない。

「なんか、ありがとうございます……」

九十九がお礼を述べると、ミイさんは蛇の姿のままで頭をさげる。

「燈火が助けてやれって」

ミイさんに言われると、柱の陰から種田《たねだ》燈火がひょこりと顔を出す。

九十九の大学の友人で、湯築屋の従業員ではない。しかし、昨日の儀式に参列していて、夜が遅くなったので宿泊したのだ。ミイさんとは、今のところ「おつきあい中」という関係だった。

「余計だったら……ごめん」

燈火はおどおどとしながら、九十九の前に出てくる。

「そんなことないよ」

九十九が首を横にふると、燈火は安心したように胸をなでおろす。

「あ、あんまり、そういうの聞かれたくないよね……興味はあるけど！」

興味はあるんだ……苦笑いしそうになるが、せっかく燈火が助けてくれたので、聞き流しておく。

「ボクだったら、嫌だなって思ったから」

「う、うん。ありがと……」

どことなく、気まずかった。

なんで、みんな昨日のことを知りたがるの？

そういうものなの？

なんか恥ずかしい。

釈然としないまま、九十九は息をつく。

疲れたなぁ……。

とはいえ、燈火とミイさんのおかげで、難を逃れた。

あの調子だと、今日は天照もアフロディーテも、あきらめてくれそうにない。なんなら、ほかに宿泊しているお客様からも、からかわれそうだ。

「今日は……休むかな……」

九十九は、肩を落とした。

3

母屋《おもや》でシャワーを浴びて、身体がすっきりした。

結局、仕事にならないので、業務は登季子たちにまかせてしまう。

汚れをしっかり落として、ボディクリームを塗ったあとに、ストレッチ。身体を伸ばすと、代謝がよくなって痩せやすくなるらしい。

朝からシロの姿を見ていなかった。

けれども、なんとなく、どこにいるのか見当がつく。経験や勘ではなく、感覚でわかるのだ。

目を閉じると、薄らと繋がった糸のようなものを感じる。

赤い糸なんて表現をするとロマンチックだけれど、もっと霊的なもの。儀式を再度行ったことで、シロとの繋がりが深まったのだと思う。シロが湯築屋のどこにいるのか、九十九は感じとれた。

嬉しい。そういう気持ちがある。

シロとの繋がりが強まり、以前よりも夫婦という実感がわいていた。不思議なものだ。最近まで、恋心にすら気づいていなかったのに。

今日は休みになったし、あとで行こう。

こうやってゆっくりするのも久しぶりだ。

台所をのぞくと、テーブルに蜜柑《みかん》が置いてある。綺麗なオレンジ色で、大きさは中程度。やや平べったい見目で、外果皮は薄そう。たぶん、せとかだろう。

九十九は流れるような動作で、せとかを机の上でぐるぐると軽くこねる。こうすると、皮が薄い品種でも剥《む》きやすくなるのだ。加えて、軽く刺激を与えることで、蜜柑の甘みが増す。

お風呂あがりの蜜柑は、最高。普段は、あまり堪能する余裕がない贅沢だ。

九十九は上手に皮を剥き、パクリと一口含む。弾けるような食感のあとに、トロリと濃厚なジュースが口内を満たした。さすがは、「柑橘の大トロ」とも呼ばれる品種だ。甘みが強く、一粒でも満足感が得られた。

こうやって、甘いものを食べていると、眠くなってくる。なるほど、よく京《みやこ》が「バイト休みたい～」と言っている気分が理解できた。

テレビでも見ようか。それとも、動画配信サイトでも見ようか。久しぶりに本でも読もうか。

こんな風に過ごすことが少ないので、迷ってしまう。

「あれ……？」

しかし、唐突に目の前が霞んだ。

次に強い目眩《めまい》を覚えて、九十九は倒れ込むようにダイニングチェアへ座る。それでもおさまらず、額に手を当てた。

この感覚には既視感がある。

視界がぼやけて、そして再びクリアになる。

母屋の台所。同じ場所だ。

なのに、強烈な違和感があった。

置いてある調理器具が違う。

卓上の調味料が、普段と異なる。九十九が知らないパッケージのお醤油《しょうゆ》やドレッシングまであった。

「あ……」

不思議に思っている九十九の目の前を、黒い影が過っていく。

毛並みは艶やかだが、まだ身体つきが幼い子狐のようだ。目尻の毛はわずかに朱色に染まっており、野生の動物ではないのが一目でわかる。

「黒陽……」

かつて、シロと対の存在であった神使。月子はクロとも呼んでいた。

天岩戸や儀式のとき、九十九の夢に現れている。

「待って！」

黒陽は、音もなく台所から消えてしまう。九十九は追いかけようと、母屋の勝手口から飛び出した。

履き物のデザインが変わっている。それに、母屋の庭に咲いている花も、どこか違和感があった。

湯築屋なのに、湯築屋ではない。

なにもかもが湯築屋だけど、九十九の知らないものが入り交じっていた。

ただの夢。

そうではない。

「あ……シロ様」

広い庭を突っ切ると、シロが立っていた。

シロは一人で佇み、庭の花をながめている。煙管《きせる》の紫煙を吐く横顔は、変わらず美しい。

藤色の着流しも、濃紫の羽織も九十九が見慣れたものであった。九十九の知るシロだ。

九十九は安堵して、シロのほうへと歩み寄る。

「シロ様ー！」

九十九がシロを呼ぼうと口を開いた瞬間、別の声がする。

可愛らしい女の子だった。着ている制服は近くの中学校のものだ。あどけない顔で、シロに笑いかけながら走ってきている。

誰……？　九十九は目を凝らした。面立ちは九十九や登季子に似ているけれど、あんな子は見たことがない。

湯築屋の縁側には、ほかにも従業員と思しき人々がいた。けれども、どの顔も九十九には覚えのないものだ。

知っている人が誰もいない。

シロだけが、変わらず湯築屋に存在し続けている。

天岩戸に閉じ込められたとき、湯築屋の過去を夢に見たけれど、様子が違う。これはもっと最近の……いや、未来？　湯築屋の近い将来だろう。

儀式の夢と同じ。

しかし、儀式の夢は湯築屋がなくなるという内容だった。今回は真逆。湯築屋が存続している。

でも、ここに九十九はいない。

本来の湯築屋の在り方だ。

「シロ様……」

九十九はシロに近づこうとした。

けれども、隣まで歩み寄るのを躊躇《ちゅうちょ》してしまう。

シロの横顔は寂しそうだ。

どこか陰を持っていて、切なげで儚《はかな》げ。

湯築屋の人々に囲まれているのに、別の遠いところを見ているかのようだ。

九十九はどうしていいのかわからず、立ち尽くしてしまった。


「――――ッ」


だが、はっと気がつくと、そこにシロはいなかった。

使い古した台所のテーブル。食べかけの柑橘と、いつもの食卓調味料が並んでいる。調理器具も、見覚えがあるものだった。

また夢を見ていた。

白昼夢。婚礼の儀から、二度目である。

夢には必ず、黒陽がいた。天岩戸でも、あの神使は姿を現している。

黒陽はずっと昔に死んでしまった……どうして、いまさら九十九の夢に出るのだろう。

月子と同様に、残留する思念のような存在だろうか。それとも、まだどこかで生きている？

それに、二つの夢は――どちらも、湯築屋の未来だ。

湯築屋がなくなってしまう未来。

湯築屋が受け継がれていく未来。

予知夢のようなものだとしても、未来が二通りあるのは不可解だ。

それとも、これから決まるのだろうか。

どちらの未来が残るか……。

そうだとすれば、どのようにして決まるのだろう。

誰が──。

「考えすぎ」

駄目だ。

こういうことを、一人で考えるのはよくない。

「シロ様に」

シロに、相談しないと。

おそらく、これは特別な夢だ。

今までだって、九十九の夢には意味があった。

夢の内容をシロに話すのは憚《はばか》られる。だけど、ここまで来て放っておくよりは、ずっといい。シロだって、九十九に自分のことを話してくれたのだ。九十九が隠して抱え込んでしまってどうする。

シロの居場所は、わかっていた。婚礼の儀以来、シロとの繋がりが強まっている。考えなくても、感覚で察知できた。

4

深々と降り積もる雪景色。

寒さは感じず、雪に触れても冷たくない。吐く息も無色であった。ただ白く塗りつぶされた庭に、寒椿《かんつばき》の赤が点々と咲いている。

縁側に腰かけるシロに、九十九はそっと歩み寄った。

「シロ様」

九十九はシロに呼びかけた。

シロはふり返らない。傍らに置いた煙管からは、薄らと紫煙があがっている。

珍しい。うたた寝をしているようだ。

神気が疲弊していない限り、神様は疲労をあまり感じず、睡眠の必要もなかった。ただ、天照などは「縁側で横になるのは最高ですわ」などと言いながら、午睡《ごすい》することがある。あとは、二度寝の至福を味わいたい、などなど。食事と同じで、睡眠も神様にとっては娯楽の一部らしい。

さしずめ、お酒を飲みながら縁側で昼寝がしたかったのだろう。ごていねいに、飲みかけの日本酒も置いてあった。

九十九は息をつきながら、シロの傍らに座ろうとする。

「………」

しかし、庭の向こうで動く影をとらえて、九十九は息を止めた。

黒陽だ。

黒い狐が、こちらをじっと見つめていた。

九十九は目をこすってみるが、黒陽の姿は消えない。夢ではないのに、はっきりと視認できる。

「なんで」

九十九は、とっさに傍らのシロを確認する。まだ気づいていないのか、シロは眠ったまだった。

そういえば、黒陽からは神気の気配を感じない。いや……湯築屋の庭と完全に同化している。

つまり、結界と同質の神気を持っていた。だから、シロも気づいていないのか。

そんなことがあり得るのだろうか。

「あ、ちょっと……！」

黒陽はいくらもしないうちに、庭を横切って走っていく。

今すぐ追いかけないと。

「シロ様！」

九十九は急いでシロの肩を揺さぶる。

だが、不思議なことにシロが起きる気配はなかった。

「あ……！」

そうしている間にも、黒陽が庭の塀を跳び越える。

起こして説明する時間が惜しい。それに、結界と同質の神気を持つ存在を見失えば、いくらシロでも探せなくなってしまう。

九十九は縁側の下駄を履き、急いで黒陽を追いかける。仕事を休んだのに、どうして着物など選んでしまったのか。こんなときは裾が邪魔であった。

カツカツと下駄の音を立てながら、九十九は懸命に黒陽を追う。

「もう！」

九十九はわずらわしくなって、堪《たま》らず下駄を脱ぎ捨てた。どうせ、塀の向こうは虚無の世界だ。小石も小枝も落ちていないし、裸足でも怪我はしない。

塀を懸命に乗り越えて、九十九は湯築屋を出る。

黄昏の瞬間を写しとった藍の空。それと同じ色が広がる空間を、九十九は独りで駆けていく。

昏《くら》い世界を走る、真っ黒な狐。その境界がぼんやりとして、ときどき、なにを追っているのか見失いそうになった。

湯築屋から離れてしまうと、辺り一面が虚無の空間である。前方の黒狐と、後方で遠くなる湯築屋の遠景だけが目印だった。

こんな空間で迷子になれば、帰ってこられないかもしれない。幼いころ、塀の向こうには行くなと言われていた意味が、じわじわと身にしみてくる。言い知れない不安が、蝕《むしば》むように心を侵食していった。

やっぱり、シロを起こしてから来たほうがよかった。

けれども、なんと説明しよう。黒陽はシロにとって、罰の象徴のような存在だ。自分のせいで死なせてしまった神使の片割れ。黒陽の名を突然出して、受け入れてもらえるか不安である。

「待って、黒陽。わたしに、なにを伝えたいの？」

九十九は語りかけるが、黒陽は止まらなかった。

そのうち、九十九の足どりは重く鈍り、どんどん黒陽との距離が遠くなっていく。体力が追いつかない。

「はあ……はあ……」

とうとう九十九は立ち止まり、黒陽の姿は闇に消えていった。せっかくここまで追ってきたのに、見失うなんて。

ふり返ると、湯築屋もなかった。いや、九十九が遠く離れすぎてしまっただけで、湯築屋は消えていない。ただ、視認できないと、計り知れない不安が胸を染めていった。

帰りは、こちらであっているのだろうか。九十九は後方を確認するが、絶対に大丈夫という確信が持てない。来た方向に帰ろうにも、目印がなさすぎる。どちらが正しいのか、確信が持てない。

途方に暮れて、九十九は一歩も動けなかった。

「シロ様」

自然と名を口にしていた。

怖かったから。それだけではない。結界の内側であれば、シロは九十九の呼びかけに応じてくれる。婚礼の儀を終えたあとなので、繋がりはより強くなっていた。九十九のほうも、シロの存在を感じられるはず……。

けれども、しばらくしてもなにも起きない。

ただ虚空に声が虚しく消えていくだけだ。

「駄目」

不安になるな！

九十九は自らを鼓舞しようと、両膝を軽く叩いた。

背筋を伸ばし、前を向く。

とにかく、なにか明かりが欲しい。真っ暗ではないが、なにもないのはそれだけで心許なかった。

九十九は両手をあわせて、意識を集中させる。

だんだんと、手が温かくなってきた。身体中の神気が、掌に集まっていく。

手を開くと、花のような結晶が生まれていた。自分の力を結晶化して、その光で辺りを照らす。

九十九は目を閉じて、さらに神気を込めた。

力が欲しい。自分で状況を打開する力。

大山祇神の試練では上手くいったのだから、落ちつけば大丈夫だ。

「よし」

力が集まり、実を結ぶ。

九十九の手の中で、結晶は透明な羽根へと形を変えていた。羽根は自ら光を放ち、昏くなっていた気持ちを幾分か落ちつかせてくれる。

「よかった」

喜びの声をあげながら、九十九は羽根をふった。すると、遠心力に従うように羽根が伸び、和弓の形となる。

矢はないけれど、九十九は弓の弦を強く引いた。引き方を習ったことはないが、身体が自然に動いてくれる。

弦の音が虚空に響いた。

まるで楽器みたいに空気を振動させ、遠くへと響き渡る。空間そのものに、音が作用しているようだった。

「おねがい、届いて」

九十九の神気には引き寄せる力がある。

今、感知できるはずのシロの存在がわからなくなってしまっていた。ならば、さらに強い力でシロと引きあわなければならない。

この力で、シロを九十九のところまで引き寄せることができるのではないか。可能性でしかないが、九十九は賭けてみた。

けれども、懸念もある。さきほど、シロはなぜか眠ったまま起きなかった。神様の眠りは娯楽の一種で、揺さぶればすぐに覚める浅さだ。

どうして、シロは眠ったまま応じなかったのだろう。

黒陽といい、なにかの法則が捻じ曲がっている。

「あれ」

九十九は違和感に気づき、顔をしかめた。

結界の神気に……歪《ひず》みができる。

強固な湯築屋の結界が揺らぐことはないが、たしかに空間における神気の一部に歪みが生じていた。

結界内に天岩戸が出現したときに、状況が近そうだ。

湯築屋の結界に、別の空間が出現している？

「…………！」

九十九が戸惑っていると、背後で物音がする。

鳥の降り立つ羽音。風を受けながら翼をたたむ音だ。

「天之御中主神様」

さっと顧みると、真っ白な白鷺《しらさぎ》がいた。細い足で立ち、九十九を見据《みす》えている。鳥類の表情はわかりにくいが、どことなく面持ちは笑っている気がした。

『宇迦之御魂神の入れ知恵かの？』

「？」

天之御中主神の言っている意図が読めず、九十九は眉根を寄せた。けれども、天之御中主神に解説する気はなさそうだ。

「そういうところが、〝足りていない〟んですけど」

九十九が呆《あき》れて息をつくと、天之御中主神は小首を傾げた。

本当に、この神様ときたら。

天之御中主神が翼を広げる。すると、一瞬のうちに白鷺が人の姿へと変じていった。背中に白い翼を持った美しい神様だ。

墨色の長い髪が肩から落ちる。九十九を見つめる双眸《そうぼう》は、紫水晶を思わせた。綺麗なのに感情が読みにくい。人の形をしているけれど、まったく別の存在であると、すぐに理解させられてしまう。

「九十九」

ふと、九十九の隣に風が吹く。

次の刹那《せつな》、九十九の肩は力強い腕に抱き寄せられていた。九十九はとっさに声を出せず、身体を縮こまらせる。

どこから現れたのか、シロは九十九を抱きしめて天之御中主神を睨みつけていた。

「シロ様？」

その顔を見た瞬間、安心して身体の力が抜けていく。九十九はへなへなと、シロの胸に寄りかかってしまった。

「来てくれなかったら、どうしようかと思っていました……」

つい本音を漏らすと、シロは怪訝《けげん》そうな顔を作った。

「儂はいつも通り九十九に呼ばれて、すぐに来たのだが」

「え？」

九十九が呼んでも、シロは来なかった。名前をつぶやいてから現在まで、なかなか時間が経っていたように思う。ラグがあったのだろうか。不思議な時間差であった。

『此処《ここ》は、其方《そなた》の夢だからの』

答えたのは天之御中主神だった。

九十九はピンと来ない。夢？　九十九は、いつの間にか眠っていたのだろうか。ずっと走っていたのに？

「九十九の力で、儂とアレを夢に引き入れたのだ」

神気を引き寄せる力だ。それによって、シロと天之御中主神を同じ空間に呼んだという。

「わたしが弓の弦を引いたから」

「左様」

「でも、夢の中って……」

「おかしいと思った瞬間は、なかったか？」

シロに問われて、九十九は考える。

急に見た白昼夢……あれは覚めたはずだ。

けれども、そのあとに、いくつか不可解な部分はあった。

夢でしか見ていないはずの黒陽が現れたこと。シロが眠ったまま起きなかったこと。シロとの繋がりが強くなったはずなのに、湯築屋の方向がわからなくなったこと……思い当たる節は所々にあった。

「もしかして、夢から醒めていなかったんですか」

九十九は、ずっと夢の中だった。

そして、その夢にシロと天之御中主神を引き入れたのだ。

『儀式の成果だ』

二柱が対話できる場を用意したいというのが、九十九の希望だった。そのために、宇迦之御魂神が儀式を執り行ったのだ。

九十九はシロとの繋がりが強くなったので、自分の夢に二柱を呼び寄せることができるようになった。今までも、天之御中主神が夢に現れることがあったけれど、九十九が呼んでいたわけではない。

宇迦之御魂神が婚礼の儀を執り行った目的がよくわからなかったけれど、このためだったのかと納得させられる。

『それで。其方の望み通りの形となったわけだが』

天之御中主神は不敵に笑い、九十九をうながした。

司会進行役を求めているらしい。意図がわかっているくせに、意地が悪い。しかし、当人に悪気はないのだろう。

「自覚がないほうが厄介だな」

シロは九十九が言いたかったことを代弁した。

こうして対峙《たいじ》していると、二柱は姿が似ている。けれども、まとう空気や仕草がまったく異なっていると、改めて実感もさせられた。

『我《わし》には、その必要がないからの』

天之御中主神は悪びれる様子もなく腕組みした。不毛なやりとりに飽きたとでも言いたげだ。

「え、えーっと……」

九十九はとにかく、場を取り持とうと前に出る。ここは九十九の夢で、彼らを引き入れたのは九十九なのだ。しっかりしなければ。

「私も、見物しようかな」

横から現れたのは、月子であった。

いつの間に。しかし、彼女は巫女の夢に代々住まう思念の存在だ。ここが九十九の夢であるなら、いてもおかしくない。むしろ、「本当にわたしの夢なんだ……」と、九十九の実感に繋がった。

月子は可憐な少女のようにも、美しい淑女《しゅくじょ》のようにも見える笑みで、場をながめている。いつも九十九が夢で会うそのままだ。

「…………」

九十九は……シロを見るのが怖かった。

シロにとって、月子は特別な存在だ。

彼は、どんな顔で月子を見るのだろう。

九十九と婚礼の儀を結びなおしたばかりなのに、シロが月子ばかりを気にしていたらと考えるのが嫌だった。

傲慢だと理解しているが、月子の存在が大きければ大きいほど、シロが遠くなる気がするのだ。

「構わんよ」

傍観する月子に、シロが短く許可を与えた。

九十九は反射的に、シロに視線を向けてしまう。見たくなかったはずなのに。

月子を見つめるシロの瞳からは、懐かしむような、慈しむような、優しい感情が読みとれた。きっと、思念としてでも会えて嬉しいのだろう。

けれども、そこに愛情は感じられなかった。

九十九に向ける視線とは、明確に違う。月子を見るシロの目は、愛しい人に対するものではなかった。

怯えていたのが馬鹿みたいだ。

九十九は気を引きしめて、二柱の間に立つ。

「わたし……お二柱《ふたり》に、仲よくしてほしいんです」

もっと言い方があるだろうが、ストレートな表現しかできなかった。取り繕《つくろ》ったところで意味がない。

とはいえ、なにも「それでは、仲なおりの握手をしましょう」とか言って、雑に和解させたいわけではなかった。

ただ、話しあってもらいたい。

シロはずっと天之御中主神を避けていたし、天之御中主神は他者の理解を必要としない。すれ違ったままでいてほしくなかった。

『一つ、問う』

天之御中主神は、人差し指を立てながら九十九に聞いた。

「はい」

九十九は緊張しながら返事をする。

『其方が我等の和解を望む理由は、なんだ』

これは天之御中主神も、シロも理解しているはずだ。いまさら述べたところで、くり返すだけである。

それでも、九十九は慎重に言葉を選んだ。

「シロ様は……湯築屋と一緒に、永い時間を過ごします。わたしが、その……いなくなったあとも」

永遠の命を選ばなかったのは九十九だ。シロを置いて、人間として死ぬ選択をした。後悔はしていない。ただ、心残りなのだ。

天之御中主神とシロは表裏として存在していかなければならない。それなのに、理解しあえないままなのは、寂しすぎる。

だから、手伝いをするのが九十九の役目だ。

『つまり、その問題が解消されればよいのであろう？』

九十九は顔をしかめた。

「わたしは、あなたの巫女にならないと言ったはずです」

『そうではない』

天之御中主神が見つめていたのは、九十九ではなくシロだった。

「…………」

シロは眉根を寄せたまま黙っている。

彼には、天之御中主神の言いたいことがわかっているようだ。だが、口にするのは憚られる。そんな雰囲気が漂っていた。

『其方を手に入れたのだから、我と永遠に在《あ》る必要もなかろうよ』

九十九をまっすぐ指す。
わたしを？
「意地が悪いよ」
口を挟んだのは月子だった。呆れた顔で天之御中主神を見て、ため息をついている。
月子は九十九に視線を移し、胸の辺りを示した。
「あなたの力を使えば、シロを結界から引き離せる。そういう話よ」
九十九の力で、シロを結界から引き離す？
最初は意味がわからなかった。
しかし、じわじわと思い出す。
――あれを神の座から、降ろす力にもなるのではないか？
天之御中主神の言葉だった。
シロが神ではなくなる。
つまり、結界の役目を果たさなくてもいい――湯築屋の結界とはすなわち、天之御中主
神を縛るための檻。
九十九の力は、シロを檻の役目から解放できる。

天之御中主神は、その可能性を示したかったのだ。

「だから、あのとき……天之御中主神様は、あんなことを言ったんですね」

いまさら、天之御中主神の真意に気づいて九十九は呆然とした。いつもの通り、言葉が足りていない。だが、天之御中主神は別の選択肢をすでに九十九の前に提示していたのだ。

シロが神様ではなくなり、結界から解放されれば……天之御中主神とともに在る必要はない。シロは自分が犯した罪からも逃れられる。

立ちはだかった問題は解決する。

九十九の力で、シロを永遠の罰から解放できる？

でも……。

「シロ様の結界が消えたら、湯築屋も……なくなってしまうんですよね？」

シロが神様ではなくなって、結界の力が消滅すれば……湯築屋は消える。婚礼の儀で見た夢が現実となるだろう。

それが幸福な未来であると、九十九には断言できなかった。

ずっと続いてきた湯築屋が終わる。

シロの大切にしてきた場所が。

九十九の大好きな日常が。

なくなってもいいはずがない。従業員たちがいて、お客様に囲まれて……この日々がなくなるなんて、九十九には耐えられない。

『であれば、結界は残すか？』

結界を残せば、湯築屋は消えない。

シロは神様として、湯築屋に存在し続けるだろう。

だけど……湯築屋が受け継がれる未来。あの夢で見たシロの顔が、九十九の頭を離れなかった。

どうしようもなく寂しげに、遠くを見つめる瞳。そこではないどこか、いや、誰か別の人を探していた。

あの未来におけるシロは本当に幸福なのだろうか。

シロと天之御中主神が上手くいったとしても――九十九は、シロを置いていく。かつてのシロが月子を追い求めたように、今度は九十九を……。

そんな未来を暗示させる夢だった。

無限に連鎖するだけではないか。

『結界が消えれば、其方らは共に生きられる。我は枷《かせ》を失い、各地を再び彷徨《さまよ》うこととなるが、それもまた悪くはなかろうよ』

天之御中主神の言葉はいつになく多かった。

『宿が消滅するとはいえ、中の人間たちは追い出されるだけで、命は繋がる。新たな生活というのは、人にとっては当たり前の営みではないのか？』

天之御中主神の指摘通りだ。

湯築屋という場所はなくなるが、誰かが消えるわけではない。お客様たちは別の溜まり場を探すだろうし、従業員も現実の世界で暮らしていける。結界はなくとも、似たような宿屋を開くという選択だってあるだろう。

最初は悲しいかもしれないけれど、きっと立ちなおれるはずだ。

人とは、そういう強さがある。

わかっているけど……。

宴席で楽しそうにする神様たちの姿が目に焼きついている。九十九はあの光景を壊してしまいたくはなかった。

「九十九」

シロが九十九の肩に手を置いた。

いつの間にか、震えていたようだ。

九十九はこの場の調停役である。冷静さを失ってしまうのはよくない。

一度、目を閉じて深呼吸した。だんだん思考がクリアになっていく。

「わたしは……」

それでも、提示された二つの選択肢は、九十九にとって重い。

九十九が見た二つの未来は、どちらにも喪失が伴っており、誰もが幸せとは言いがたい。選ぶことによって、必ずあきらめるものがある。

シロの自由か。

湯築屋か。

そんな選択を、今ここでするのは無理だ。

シロを見あげると、むずかしい顔を浮かべるばかり。

『まあ、考えておくとよい』

天之御中主神は、そう言って翼をはためかせた。

神が飛び立つと、瞬く間に身体が白鷺へと変化する。白い羽根を数枚残して、天之御中主神は去ってしまった。

九十九は追おうとするけれど、なんと声をかけてよいかわからない。

気がつくと、月子の姿もなかった。

そのすぐあとで、強い目眩が襲って、九十九の足元が覚束なくなる。

「あ……」

夢が消えてしまったのだ。

九十九の創り出した空間から、シロの結界に戻ってきたとはっきりわかった。入るときは無意識だったのに、今は感覚がはっきりとしている。

倒れそうな九十九の身体を、シロが支えてくれた。

力を使いすぎたみたいだ。身体が消耗しているのがわかり、九十九はぐったりとシロに寄りかかってしまう。

「九十九」

シロはごく自然な動作で、九十九を抱きあげた。九十九もされるがままに、シロの腕におさまる。

「シロ様……ごめんなさい」

天之御中主神と対話してほしい。そうねがったのは九十九だ。

なのに、なにもできなかった。新しい選択を提示され、それさえ選べず、シロを困らせる結果となった。

「否。九十九は悪くない。悪いのは――」

シロは暗い顔で、九十九を抱きしめる手に力を込めた。

「少し眠るといい」

そう言われると、九十九のまぶたが重くさがってきた。今まで、夢の中だったのに。不思議なものだ。きっと、厳密には睡眠ではなかったのだろう。

「あ……」

意識を手放す直前、虚無の空間を横切る影があった。

黒陽だ。九十九のほうを見つめたあと、再びどこかに向かって走っていく。

もう、夢から醒めたはずなのに……。

「シロ様……あれを」

九十九はシロに知らせようと、懸命に指し示した。

「どうした？　九十九？」

けれども、シロには伝わらなかったようだ。

いや……見えていない？

あの黒陽は、九十九にしか見えないのだろうか。

考えているうちに、意識が深い眠りの沼へと沈んでいった。

5

シロを解放し、湯築屋が消滅するか。

それとも、このまま運命を受け入れて九十九のいなくなった世界にシロを残すか。

九十九の力を使えば、未来が選べる。

シロが神でなくなったら、湯築屋が消えるだけではない。シロが存在し続けるはずだった永い時間はなくなる。生物と同じように寿命を全うすることになるだろう。

彼の運命を変える力が九十九にはある。

考えただけでも身が震えた。

「わたし……」

九十九はぼんやりと、自室の天井をながめるけれど、起きあがるだけの気力がない。ただ死んだみたいに、布団に横たわっていた。神気を使いすぎたようで、身体も重い。

登季子たちが心配して、代わる代わる来てくれるが、満足に対応できなくて申し訳なかった。枕元には、コマが置いていった蜜柑が転がっている。

頭がぼんやりするので、糖分は摂《と》るべきだ。けれども、どうしようもなく怠《だる》い。

だんだんまぶたもさがってきて、眠りへと落ちていくのがわかる。九十九は抗いもせず、目を閉じた。

今は考えることしかできない。

でも、考えたくもない。

身体が水に浮きあがっているような、沈んでいくような、不思議な感覚が九十九を襲った。これは夢の入り口だと、本能的に悟る。

なにも考えたくないのに……。

九十九は初めて、夢を拒みたいと思った。実際、九十九が強く拒めば、月子の夢には繋がらない。

今日は……なにもしたくない……。

「おいで」

けれども、誰かが九十九の手をにぎって呼びかける気配がした。

優しい母親でありながら、無垢な少女のようでもある。月子の声だと、九十九にはすぐにわかった。

「でも」

九十九は戸惑い、目をぎゅっと瞑《つむ》る。

「大丈夫」

九十九の耳元で、月子がそっと呼びかけた。無理強いはしないが、どうしても九十九と話したい。そんな意思が読みとれる。

「…………」

九十九は手に力を込めた。

月子の手をにぎり返せば、身体の浮遊感が急速に薄れていく。

ゆっくりと目を開けると、青白くて大きな月が見おろしていた。やわらかいのに、冷たい美しさをはらんだ光が冴え渡っている。

頭の辺りが温かい。夢なのに、やけに生々しいのは、いつものことだった。

「おはよう」

九十九の視界に、のぞき込む姿勢でぴょこりと現れる月子。ようやく、九十九は月子の膝のうえだと気づいた。

「おはようございます……」

時間は朝ではないが、ここは月子にあわせておいた。

月子は九十九を膝枕したまま、前髪をそっとなでてくれる。

「悩みすぎるのも、よくないよ」

月子の言葉に、九十九は目を伏せた。

のろのろと、鈍い動作で起きあがる。いつもの夢なのに、シンと静まり返った森の空気が心地よかった。

「あんな話のあとで、悩まないなんて無理じゃないですか」

「あなたは、そういう性質《たち》よね」

シロや湯築屋の未来の話。しかも、それが九十九の力に委ねられている。悩むなと言われたって無理だ。

月子は唇を緩めて立ちあがる。

「あなたは選ぶ立場ではないよ。天之御中主神の真意ではない」

九十九は眉根を寄せた。

「選ぶ立場にない？」

「そう。選ぶのは、あなたじゃないの。もちろん、力を使うからには、最終的に合意して決めるのは、あなた次第。拒む権利はある」

誰が選ぶというのか……そんなもの、一柱《ひとり》しか思いつかなかった。

「シロ様が――」

選ぶのは九十九ではない。

シロだ。

月子は肯定して微笑した。

「気持ちはよくないけれど、あの神なりの善意かな」

「善意?」

「そう。いつもながら、わかりにくいでしょう?」

シロはずっと選択を避けてきた。

湯築屋についても、巫女の好きなようにまかせている。

彼は選択を恐れているのだ。

自分で選ぶのが怖い。もう、過ちを犯したくないのだろう。九十九はシロが、臆病である理由を知っている。

なのに、天之御中主神は選択をさせようとしていた。九十九にとっても、シロにとっても、苦しい選択だ。どちらの未来を選んでも痛みが生じる。

でも……。

ここで、シロが選ばないのは逃げることにもなる。

永遠に。

だから、これは天之御中主神なりの和解。いや、餞別《せんべつ》なのかもしれない。

痛みを伴わない選択はないのだ。

苦しい選択をしてこそ、シロは本当の意味で解放される。自分で選んだ未来ならば、受け入れられる。

だから、天之御中主神は選ばせたかった。この神に悪意はないのだ。

試している。

やっぱり、言葉が足りていない。やり方が不親切で、いけ好かない。

だけど、決して天之御中主神はシロが嫌いではないのだろう。むしろ、好ましいから
……強さを獲得してほしいのかもしれない。

天之御中主神なりに、シロに優しさをかけている。

「天之御中主神様らしいですね……」

「ほんとにね。こっちは、困るけどさ」

月子は息をつきながら九十九に同意する。

選択の内容そのものは、決して優しくはない。けれども、そこにある真意がわかると、

見える世界が変わってくる。

「シロ様は、臆病ですから」

彼は永い間、一歩を踏み出せなかった。月子を追いかけてきた時間も、九十九に真実を言えなかったときも、ずっと悩んで立ち止まり続けていた。

天之御中主神から選択を示されたとき。シロは真意に気づいていたに違いない。

あの選択は九十九ではなく、シロのためにある。

だから、天之御中主神になにも言えなかったのだ。

選ぶのは九十九ではない。その気づきは、九十九の心の枷を取り払った。しかし、決して軽くはならない。

シロは、どうしたいのだろう。

どちらの未来を選びたいのだろうか。

湯築屋が消えるなんて、嫌だ。

けれども、シロが孤独なのも、嫌だ。

九十九はワガママだった。どちらの未来になっても、きっと後悔する。それをシロに委ねなければならないのも、もどかしい。

シロに、重い選択を強いてしまう。

それが気がかりでならなかった。

九十九にできない選択を、シロにさせるから……。

いや、シロのことだ。九十九が選び、「こうしたい」と言えば、異を唱えないだろう。

シロに責を負わせたくなければ、九十九が決めればいい。

でも……本当に、それでいい？

「どうするかは、あなたが決めるべき」

月子は笑って、九十九に手を伸ばした。

頬をそっとなでられると、くすぐったい。シロにされるのとは、別の温かみがあった。

「人は、選択をしながら生きるものだから」

天之御中主神に提示されなくとも、九十九は選びながら生きていく。

大学進学を希望したのも、永遠の命を拒んだのも、シロと幸せになりたいとねがったのも……全部、九十九が選んだ。

九十九は生まれたときから巫女になることが決定していた。ある程度の道筋はつけられていたのかもしれない。

それでも、九十九が今ここにいるのは、自身が選んだ結果だと断言できる。

人は、選択をしながら生きるもの。

月子の言葉を噛みしめるように、九十九は目を閉じた。

「以前よりも、穏やかな顔になったね」

月子に言われて、九十九は唇を緩めた。

前は、月子に複雑な感情を抱いていた。彼女はシロにとっての特別だ。永い永い時間、シロが焦がれて追い求めていた人。もうこの世にはいない人。

シロは九十九が一番だと言ってくれる。それでも、月子という存在は別格なのだと、九十九はどこかで意識し続けていた。シロを信じていなかったわけではないけれど、やはり引っかかってしまう。そんな存在であった。

けれども、月子を見るシロの顔を確認して……そうではないのだと、はっきりした。

だから、もう九十九の中のわだかまりは消えている。

「ありがとうございます」

「いいのよ」

月子は九十九の頭をなでた。

ふと、九十九の脳裏に、夢の光景がよみがえる。

「そうだ、月子さん――」

黒陽は、どうして現れるのだろう。九十九にだけ見えていたのも、おかしい。月子なら、なにか知っているかも。

「――ッ」

黒陽のことを口にしようとした瞬間、はっとまぶたが開く。

そこにあったのは、月子の顔ではなかった。青白い満月も、鬱蒼とした森もない。LEDライトの照らす自室の天井であった。

夢から醒めたのだ。

身体中に汗をかいている。息苦しくはないのに、少し呼吸が荒かった。

「う……」

九十九は重い頭を抱えて、上体を起こした。

いつもは、もっとゆっくりと目覚める。起こされない限り、こんな覚醒の仕方はあまりしない。

部屋には九十九しかいなかった。

ただ、枕元に置かれた蜜柑の数が増えている。

6

夢で月子に会ってから、少し身体が動くようになった。

気がかりが晴れたわけではない。だが、天之御中主神の真意が判明したのは、大きかった。

自分がなにをすべきか、わかった気がする。

九十九は枕元に置かれていた蜜柑を二つ食べて、支度をはじめた。まだ消耗した神気が回復しておらず、身体が本調子ではない。あまり動けないけれど、じっとしてはいられなかった。

「どうかされましたか、若女将？」

母屋の一階へおりると、すぐに声をかけられた。

ふり返るまでもなく、天照だとわかる。九十九は、またガールズトークに持ち込まれるのではないかと身構えた。

「大丈夫です。今日はやめておきます」

天照は九十九の危惧《きぐ》を察したのか、優雅に笑ってみせた。「今日は」ということは、きっと、後日尋問されるのだろうけど。

「みなさま、心配しておりましたよ。しばらくお休みしたほうがいいのでは？」

急に九十九が神気を消耗して運ばれたので、騒ぎになったのだという。驚くことではない。九十九は寝ていたので知らなかっただけだ。枕元に置かれた蜜柑や、代わる代わるに飲み物やお粥を持ってきてくれる従業員からも察していた。

「休むよりも、動いているほうが性にあうんです」

九十九の返答に、天照はちょっと意地悪に微笑んだ。

彼女には、天之御中主神の提示した選択も、その意図も、すべてわかっているようだった。

「思い悩むあなたの姿は美しいのに」

冗談ではなさそうな響きだ。されど、本気だとも思っていない。

「ですが、足掻くあなたの姿も、輝かしいのですわ」

天照は、いつだって九十九の人間らしさを肯定してくれる。思い悩んだり、迷いを払拭したり、そうやって回り道をしながら歩く姿を、〝輝かしい〟と称していた。

「わたし、今まで……お客様のご要望には全力で応えてきました。なのに……今、シロ様にはなにもしてあげられない……」

選択の重荷を背負うのは、九十九ではなくシロ。

九十九はシロの役に立てない。

シロのために、なにもしてあげられない。

でも、それでいいはずがないのだ。

「シロ様がなにを選んでも後悔しないようにしたいんです」

「と、言いますと？」

天照が首を傾げるので、九十九はにっこりと笑みを返した。

「もしも、シロ様が湯築屋を選んだら……わたしは、シロ様のそばにいられません。寂しくないようにしたいんです」

なにをやっても、シロの孤独は埋まらないだろう。月子を失ったときのように、九十九を求めて永い時間を過ごすことになるかもしれない。

しかし、九十九が遺せるものだってある。

九十九はコートのうえから、マフラーを巻いた。ショルダーバッグをかけ、おでかけの支度を調える。

うなじで、ポニーテールの毛先がぴょんぴょん跳ねた。

「便箋《びんせん》と封筒を買ってきます。たくさん」

天照に見守られながら、九十九はスニーカーに足を入れる。踵《かかと》を踏んでしまったので、トントンッとつま先を叩いて整えた。

「シロ様に手紙を書くんです。毎日読んでも飽きないように」

九十九が目的を語った瞬間、天照はポカンと口を開けた。こんなに間が抜けた顔をする彼女を、九十九は初めて見る。

一拍置いて、天照は小さく噴き出した。

「面白いことをなさいますね」

笑っているけれど、小馬鹿にしているわけではない。天照は至極愉快だと言いたげに、笑い声を転がした。

「いったい、何通書くおつもりですか？」

「何通でも。とにかく、たくさんです。一日、三通ノルマとして……えっと、八十歳まで続ける計算だと……うーん……六万六千通ほど。毎日、一通ずつ読んでもらったら、一八〇年くらいは持ちますよね」

九十九は真面目にスマホの電卓を叩きながら考えた。すると、天照はさらに声を大きくする。

「本当に、毎日なさるおつもりですか？　無駄だとは、思わなくて？」

「わたしは本気ですよ」

「余計に、稲荷神が寂しくなるとは考えないのかしら？」

「そうなるかもしれません。でも……なにも遺さないよりは、いいんじゃないかと思ったんです」

「あなたを忘れて、また新たな巫女を見初めるかもしれませんよ？」

「だったら、シロ様が寂しくなくなるので、わたしは満足です」

九十九なりに考えた結果だった。

幼稚で馬鹿馬鹿しいだろう。それでも、これが九十九にできることだと思った。

「稲荷神は、自由を選ぶかもしれませんよ？」

「そうかもしれませんね」

「そちらを選ばせる努力をしたほうが、あなたは幸せなのではなくて？」

「でも、それってシロ様ご自身が選んだとは言えませんよね」

「同じことですわ。結果が伴えば、稲荷神の選択と成り得ます。あなたが去ってしまうあとのことなど、考える必要はありません」

「……わたしは、嫌なんです」

どちらを選んでも、悔いてほしくない。

九十九の気持ちだった。

天照は瞳をキラキラと輝かせながら、九十九の顔をのぞき込む。興味深いとでも言いたげだ。彼女の求める輝かしさを見出したのだろう。

「愚かですね」

「わかっています」

断言されても、傷つかない。

しかし天照は次の瞬間、すっと笑みを消す。感情の波が凪《な》いだように、表情が無となった。

「もっと、強欲でもいいのに」

「え？」

いつもの天照とは違う。

九十九の輝かしさを過度に評価していない。むしろ、珍しく批難しているようにも感じられた。

九十九はワガママだ。

今だって、シロの自由も、湯築屋も両方欲しいと思っている。でも、天之御中主神の巫女として永遠を生きるのは嫌だ。

充分にワガママだった。

だけど……選ばなければならない。

「人間なのですから、もっと輝きなさいな。愚かで在りなさいな。あなたには、その権利があるはずですよ」

「もっと……？」

「そう。わたくしは、その輝きが欲しいのです」

「すみません。わたしには、よくわからなくて……」

天照は九十九の頬に手を触れて囁《ささや》いた。

「あなたなら、わかると信じていますわ」

「天照様には、未来が見えているんですか？」

「いいえ。予測はできますが、未来視の力はありません。神は無駄に永く生きているだけ。全能ではないのよ」

「だったら……」

「ですが、確信しています。あなたなら、大丈夫」

いつもよりも断定的な口調であった。

天照は木漏れ日のような表情で、九十九をなでる。

「好きにやってみなさい。回り道も、人らしくて好きよ」

天照が手を貸すことはない。九十九の思うがままにやればいい。そう言って、背中を押されている気がした。

「大丈夫ですよ。さあ、いってらっしゃい」

天照は九十九をいつも見守っていた。常に俯瞰《ふかん》したところから、九十九の背を押してくれる。直接、手を貸して行動を起こしたのは、湯築屋の中に天岩戸を出現させたときくらいだ。

今回も、彼女は見守るのだろう。

九十九は……天照の期待に応えられるのだろうか。

♨　♨　♨

——まあ、考えておくとよい。

天之御中主神の選択は、シロに課せられたものだ。

シロは彼《か》の神がどのような真意を持っているか理解できてしまった。気に入らぬが、善意であるのも承知である。いや、やはり、それだからこそ好かぬ行為だ。

九十九は、またなにかをはじめたようだ。

これはシロの問題だというのに……否、あの娘は動いていなければ気が済まぬ性分なのだ。幼いころより、変わっていない。

シロは、あらゆる選択を避けてきた。

巫女たちの希望を優先したいと言いながら、逃げていただけ。他者を口実に、自らに言い訳をしていた。

否定はせぬ。

神となってから、シロは何事とも向きあったことがない。

九十九に過去を見せるのですら、躊躇していた。打ち明けてからも、九十九にうながされるまで、なにもしようとしなかった。天照まで事を起こして、強引にシロを動かそうとする始末だ。

それでも、まだ迷いが晴れぬ。

怖いのだ。間違うことが。

また選択を違《たが》えてしまえば……選択に伴う痛みに、シロは耐えられない。

変わらなくともいいとさえ思える。

されど、人である九十九は、シロを置いて変わってしまう。

もどかしい。

「本当に？」

問われるが、シロはふり返らない。

杯に清酒を満たした。愛媛県喜多《きた》郡の吹毛剣《すいもうけん》である。口にした瞬間の香りはひかえめで、後味も水のように淡麗で消えていく。だが、二口、三口と飲めば飲むほど、日本酒らしさを味わえる酒であった。

油断すると飲み過ぎるので、八雲から「ほどほどに」と口酸《す》っぱく言われている。

「聞いているの？　白夜」

シロが無視していると、宇迦之御魂神は無遠慮に肩を揺さぶる。シロは彼女の神使ではあったが、厳密な子ではない。親の面をするのも、たいがいにしてほしいものだ。

「聞いておる」

「なら、こっちを向いてちょうだい。せっかくの松山あげも、独りで食べている気分なのだわ」

宇迦之御魂神が縋るので、シロは息をつきながら室内に視線を戻す。

彼女が宿泊する際は、たいてい五光の間を使用している。運び込まれた膳には、松山あげの料理ばかりが並んでいた。

松山あげにチーズと葱《ねぎ》をのせてオーブン焼きにしたカナッペ風おつまみ。小鉢には、松山あげと小松菜のおひたしと、卵とじ。当然のように、汁物にも松山あげが浮いており、極めつきは甘く炊いた松山あげを巻いたいなり寿司である。

どれも宇迦之御魂神の好物だ。もちろん、シロも好む。

「いつもお取り寄せして自分で作っているのだけど、やっぱり、ここのお料理は特別美味しいのだわ。とくに、今の料理長はいい腕をしているのよね」

宇迦之御魂神は言いながら、カナッペ風おつまみを食んだ。サクッと軽やかな音を立てながら、顔を嬉しそうにほころばせる。乾燥油揚げならではの食べ方かもしれない。

「んー。たまらない」

清酒も口に含んで、宇迦之御魂神は小さく唸《うな》った。気持ちはわかる。

シロもおひたしに箸をつけた。松山あげは煮込むと味をよく吸って、ジューシーな食感になる。そればかりか、全体の味にコクが出て、素朴な甘さをまとわせるのだ。

「そのままでも、悪くないがな」

シロは普段、松山あげを調理せずスナック菓子のように食べている。九十九からは「焼いたり煮込んだりしないと、油っこいですよ」と指摘されていた。人間とは、少々好みがズレているのかもしれない。

シロの言葉に、宇迦之御魂神は考え込む素振りをする。

「白夜がそうやって食べているから真似してみたけど……私は、調理しないと美味しくないと思う。そのままだと、油が指につくし、味も薄くて胸焼けするのだわ」

なんと。神である宇迦之御魂神にも否定されてしまった。心外だ。

「白夜の食べ方が特殊なのよ」

「そうかな」

「美味しい方法でいただくべき」

「美味なのに」

「食に関しては、人間が賢いの。人に倣うほうがいいのだわ」

宇迦之御魂神は酒を口に含んで笑う。

シロとしては、大満足なのだが……うーむ。釈然としない。

「それで、白夜。あなたは、どうするつもり？」

食事をしていたのに、いきなり話を戻されてしまった。話題が飛んだせいで、シロは咳き込んで飲みかけの清酒を噴く。

「話題を変えるな」

「だって、最初から話すと無視するじゃないの」

「無視などしておらぬ」

「していたわ」

話が平行線になりそうだ。シロは口を曲げながら、足を崩して膝を立てた。

どうしたいか。

問うまでもなく、天之御中主神の選択だ。

シロがなにを選ぶつもりなのか。

宇迦之御魂神が心配しているのは、理解している。

「…………」

「また黙《だんま》り」

なにも答えられずにいると、宇迦之御魂神は不機嫌を露わにした。

このままでは埒《らち》があかないので、シロは大きく息を吐く。ため息ではない。深く呼吸を整えると、精神が落ちつくという。

たしかに、ゆっくり浅く息を吐き出したあとに吸い込むと……思考が幾分かすっきりとした。

「儂とて、九十九とは離れたくはない」

率直な気持ちであった。

九十九が先に逝くのは耐えられない。月子を看取ったときのように、心が千々に乱れるだろう。

彼女にも、神に等しい寿命があれば――だが、それはもはや、人ではない。

人が人で在ること。人間の愚かさや醜さ、老いていく儚さ。それらもすべて含めて、美しいと感じる。同じ者がほかに存在しない。同じ人間であったとしても、その一瞬は二度と訪れないのだ。

天照ではないが、そこには神々にはない輝きがある。

寿命が延びて人間をやめた九十九は、もはや九十九ではない。

どんなに形が異なろうとも、彼女の心根は同じだろう。そういう娘だ。しかし、その本質は大きく変わってしまう。

人としての美しさを失った九十九は、九十九と呼べるのだろうか。

彼女は湯築屋が好きだ。人と神とを繋ぐ宿屋の在り方を、九十九は一番愛している。きっと、今までの巫女の中で、誰よりも。

人という存在を捨てた九十九が湯築屋で働くのは、本質を覆す行為だ。九十九はそんな生活を望んでいないし、シロの本意でもなかった。

「儂は……人として生きる九十九のそばにいたいのだ。だから、九十九が永遠を拒絶したのは、正しいと思うておる」

シロの答えは決まっていた。

「人として生きる九十九と、共に在りたい。だが、九十九に湯築屋を捨てろと言うつもりはない」

九十九の本質を変えることも、湯築屋を奪うこともできなかった。

シロの出すべき答えは、すでに見えている。

だのに、即断できないのは、シロが逃げ続けているからだ。選択が恐ろしくて、目をそらしているだけ。

「そう」

シロの考えを聞き、宇迦之御魂神は視線を落とした。

宇迦之御魂神の意には沿わぬ答えだっただろうか。彼女は常に、シロを案じている。過保護だと鬱陶しくもなるが、至らぬ自分も不甲斐なく思う。

「それは、白夜の本意なのね？」

改めて問われて、シロは小さくうなずいた。だが、まだ選びきれていない。迷いと恐怖が払拭できぬ動作になってしまった。

このように不完全なシロには、神の座は似つかわしくない。

自覚はある。

もとより、シロは神となるべきではなかった。

選択を間違えた罰だ。

受け入れるほかない。

「でも、その選択に納得はいっているのかしら?」

納得。

問われると、シロは硬直してしまう。

「絶対にそれが正しいと言い切れる?」

「……正しいとは、思うておるよ」

歯切れ悪く返すと、宇迦之御魂神はシロをまっすぐ見据える。

「正しさと望みは違うものよ」

宇迦之御魂神の意図が読めず、シロは顔をしかめた。

「私は、〝正解〟を聞きたいのではないの。あなた、そんなお利口さんだったのかしら?」

シロを子供扱いしているわけではない。

優しくシロの考えを導き出そうとしている。

「……なにを言わせたい?」

「白夜はどうして、私が一肌脱いだと思っているの?」

九十九が自らの夢にシロと天之御中主神を同時に引き入れられるようにしたのは、宇迦之御魂神の助力だ。その甲斐あり、シロは結論に至れた。

けれども、宇迦之御魂神は「そうではない」と言いたげに、微笑している。

「これは……」

そしてシロは初めて、宇迦之御魂神の背後に控える影に気がつく。

なぜだ。

結界内部であれば、誰がどのような動きをしているか、シロには完全に把握できる。ましてや、このような存在は——。

「言ったでしょう？　一肌脱いだ、と」

宇迦之御魂神が笑うと、黒い影も動いた。

すっと伸びた前脚をそろえ、シロの目の前に座る。

「黒陽……」

ずっと昔に失われてしまった同胞。

対の神使として、宇迦之御魂神に生み出された存在。

シロに与えられた罰——。

別・別離《わかれ》の辞《ことば》

1

シロ様へ。

お元気でしょうか。昨日のお手紙も、この書き出しだったような気がします。すみません。手紙に慣れていなくて……そのうち、慣れるでしょうか。とにかく、続けていくことにしますね。

今日は、ちょっとした事件を書いておきます。

いつもの小夜子ちゃん、京、燈火ちゃん、将崇君でショッピングモールに買い物へ行きました。覚えていますか。クリームたっぷりで、生地がサクサクのシュークリームを買って帰った日です。

人がたくさんいる休日でした。ランチをして、映画を見ようと移動している途中、事件があったんです。あ、警察沙汰に巻き込まれたとかじゃないですからね！　安心してください。

こういう施設には、ショッピングカートというものがあってですね。お買い物用のカゴがついたカートを、押して歩けるようになっているんです。

カートで遊んでいる男の子が、わたしたちの目の前を通り過ぎていきました。たぶん、小学生くらいじゃないかと思います。親御さんの姿はありません。

男の子は足をカートにかけて、キックボードみたいにスイスイ走っていきました。楽しそうではあるんですが、他の人もたくさんいるので危ないですよね。

京が「ちょっと注意してくる」と、歩いていきました。京は普段、ズボラな性格をしていますが、やるときはやるんです。

だけど、その前に男の子のカートが急にスピードをあげちゃって。

幼稚園くらいの女の子に向かっていきました。みんなびっくりして飛び出したけれど、間にあいそうにありません。

でも、カートは女の子にぶつかりませんでした。

ぎりぎりのところで、将崇君が大きな風船に化けて、間に入ってくれたんです。

間一髪でした。

そのあと、男の子は親御さんに怒られながら連れていかれました。怪我人がなくてよかったです。将崇君がいなかったらと思うとヒヤヒヤしますね。

女の子が突然現れた巨大風船を気に入って、持って帰ろうとしたのは誤算でしたけれど。

変化中なのに、将崇君が「お、俺には将来を約束した弟子が……！」と、慌てはじめたので大変です。

京の機転で、なんとか、おしゃべり風船ということにして誤魔化しました。

取り留めのない内容で、すみません。

なんだか、日記みたいですね。

今日のお手紙は、ここまでにします。

明日も、楽しみにしていてください。

九十九

♨　♨　♨

昼休憩中。大学の食堂にて、九十九は頭を抱えていた。

しかし、区切りがついたタイミングで、シャープペンシルを置く。テーブルには、消しかすが散乱している。ああでもない、こうでもないと書き散らした痕跡だ。

手紙なんて書き慣れていないので、骨の折れる作業だった。しかし、今日はもう五通も書けている。一日三通の計画だったが、これはなかなかいい滑り出しだろう。

問題があるとすれば、書く内容がすぐに尽きることだった。

だんだん、日記のような有様になってきているが、それでも足りない。正直、さっきの内容も、シロに話したはずだ。

シロは神様なので、ずいぶんと前の出来事も、昨日のことのように思い出せる。だから、わざわざ日記を手紙に記す必要もない。

これは……なにか手を打たないと、すぐに頓挫《とんざ》しそうだ。

シロに話す内容を制限して手紙に回すか……でも、それだと日常会話がぎこちなくなる。

「ゆづ、なんしよん？」

考え込む九十九のうしろから、麻生《あそう》京がひょこりとのぞき込んできた。

京は大学では違う学科だが、手紙と格闘する九十九を見つけて気になったのだろう。いつも通り、気軽な声かけだった。

「あー……手紙をね……」

まさか、シロに遺すための終活をしているなんて言えるはずもない。九十九はあいまいに誤魔化しながら、手紙の束と消しかすを片づけた。

「ふうん。なんか、思い詰めとったみたいやけど」

九十九の態度が白々しかったのか、京は向かい側の席に座りながら問う。

「そんなに思い詰めてた？　文面むずかしくて、考え込んでただけだよ」

「何年、一緒におると思っとんよ。ゆづのことなら、たいていわからい。今度は、なに隠しとん？」

京は白状しろと言わんばかりに、テーブルを指先でトントン叩く。

「お見通しかな……」

「ほうよ。無駄な抵抗はやめとき」

京には神気を操る力はない。幼稚園からの幼馴染なのに、湯築屋のことも、ずっと話していなかった。しかし、友達なのに隠し続けるのは気分がよくない。京も、九十九の家になにかあるのは薄々勘づいている状態だった。

湯築屋について、京には最近明かしたばかりだ。もちろん、九十九とシロの関係も知っている。

ただ、シロの過去は、神様たちを除くと九十九だけの秘密だ。京を含めて、ほかの誰にも話していない。内容には気をつける必要があった。

「シロ様への……手紙」

「どしたん？　喧嘩でもしたん？」

「そうじゃなくて。終活、的な？」

「しゅうかつぅ？　就活って、うちらまだ一年生やん。どこの企業受けたいん？　超エリートな大企業？　若女将やめるん？」

「そうじゃなくて、わたしは……神様のシロ様よりも先に死んじゃうから……寂しくないように」

「はー……なるほど？　そっちの終活？」

京は大袈裟に声をあげながら、額に手を当てた。オレンジに染まったベリィショートの髪を掻いて、九十九を睨みつける。

「それ、今必要？　余命宣告でもされたんか」

「う、ううん。平均寿命は超えたいけど……将来に備えて、だよ」

京は訝《いぶか》しげな視線で九十九を見ていたが、嘘ではないと伝わったようだ。

「神様と人間って、むずかしそうって思うけどさー……」

大きなため息をついて、京は腕組みする。眉間にしわが寄り、九十九に対する言葉を選んでいる素振りだ。

「そんなんしたって、シロ様は寂しいに決まっとるやん。それより、めいっぱいイチャイチャして、思い出残して後腐れなく別れるほうが建設的やと思うけど」

「後腐れなく別れるって……」

「言葉のあや。うちは、手紙より一緒にいたい派やけん」

ごもっともな主張に、九十九は目をそらした。

「種田を見習えって」

京は言いながら、遠くに向けて手をふりはじめる。九十九がふり返ると、昼食のトレーを持った燈火が、こちらに歩いてくるところだった。

「あ、麻生さんが、ボクを呼ぶとか……珍しい」

燈火は困惑しながらも、ちょっと嬉しそうに頬を赤くした。

「そんなに珍しい？　ゆづがおるのに、こっち来んけん呼んだんよ」

「だって、二人で話すの邪魔したら悪いかなって……」

「邪魔なときは、邪魔って言うけん。変な気遣いせんでええよ。めんどいわ」

「ご、ごめん……」

燈火はうつむきながら、九十九の隣の席にトレーを置いた。カレーの匂いがこちらまで漂ってきて、空腹を刺激する。九十九も、幸一に作ってもらったお弁当をリュックからと
り出した。

「種田。アレ、ゆづに話したん？」

京に聞かれて、燈火は首を横にふった。

「今日……話すつもりだった……」

燈火はカレーをスプーンですくいながら、もごもごと口ごもる。顔が赤くて、恥ずかし
がっているのが伝わった。

「心の準備が……」

「うちには、話したやん」

「そのときは、ちょっと……テンション高くて……」

「なんそれ。はよ言ってしまえ」

燈火の持っていたトートバッグからは、白い蛇のミイさんが頭をのぞかせていた。知らない人が見たら、ギョッとする光景だろう。

「あのね。ボク……ミイさんと、結婚することにしたんだ」

燈火は微笑みながら、カレーを一口食べた。

「へー……」

九十九も、何気ない会話の延長でお弁当のからあげを箸で持ちあげる。が、言葉の意味を呑み込んだ途端、箸からポロリとからあげが落ちた。

「え⁉」

九十九が目を剥《む》くと、燈火は照れくさそうにはにかんだ。

「燈火ちゃん、しばらくミイさんの求婚は保留にするって話だったよね」

「うん……だから、受けることにしたんだ。儀式っていうの？　それは、まだ先なんだけど。今、結婚衣装を手縫いしてるところ」

燈火はミイさんから結婚を申し込まれていた。しかし、神様との結婚には何らかの代償が伴う場合もある。人間の燈火が安易に返事をすべきではないと考え、九十九とシロが保留を勧めた経緯があった。

なのに、もう結婚を決めるとは早すぎる。ミイさんと会ってから、半年も経っていないはずだ。

「燈火ちゃん、それ大丈夫なやつ……？」

念のために確認すると、燈火はコクンとうなずいた。

「不死じゃないけど、不老にはなるらしいよ」

「ねえ、本当に大丈夫⁉」

九十九はもう一度聞いてしまった。

不老不死、いや、不老って……それはもう、人間ではなくなるということだ。それを知っていながら、燈火はあっさりと結婚を決めてしまった。いろいろなスピード感に、九十九の頭が対応できなくなる。

「納得はしてるの？」

「うん。ミイさんは、全部話してくれたよ」

九十九はミイさんにも視線を向けた。

ミイさんは九十九を見据えて、舌をチロチロと出している。蛇の表情はわかりにくいものの、彼が燈火を意図的に騙しているとは考えにくかった。

お互いを大切に想ったうえでの選択だとわかる。

九十九は……永遠の命を拒んだ。

シロと永遠を生きる未来を選ばず、人間として生きたいとねがった。その選択を間違えたとは思っていない。

しかし、たしかにわずかだが、迷っていた。

九十九もシロと同じ時間が過ごせたらいいのにと、天之御中主神の提案を魅力的に思えた瞬間があるのだ。

結局は選ばなかったけれど……今、燈火を少しだけ「うらやましい」と感じてしまった。

九十九にできない選択をした燈火がうらやましい。こんなにあっさり決めた彼女の潔さがまぶしくて堪らなかった。

こういう気持ちになるのは九十九が今、未来を選べていないからかもしれない。

「後悔しない？」

問うと、燈火の唇が自然な弧を描く。普段、自信なさげにうつむくことが多い燈火が、ここまで穏やかな表情をするのは珍しい。

本当に幸せそう。

返事を待たずに、九十九は燈火の気持ちを悟った。九十九と違って、強くてたくましい。

ミイさんも、きっと燈火のそんなところを気に入ったのだろう。

「後悔は……したくない。がんばるよ」

言って、燈火はカレーを食べる。

「そっか……がんばってね」

九十九も、お弁当のからあげをつまみあげた。

素っ気ない会話になってしまったけれど、燈火なら大丈夫だと思ったのだ。向かい側の席で、京もにやにやと笑っている。

「二人とも、いいな～。うちも、彼氏欲しい～」

京がうだうだと言いながら、テーブルに頬杖をつく。その間に、燈火はカレーを完食していた。

「京も合コン行ってるんでしょ？」

「行っとるけど、全然駄目。松山の男は見る目ないわ」

京は肩を竦めながら嘆息する。

「サラダは取りわけろとか、男の話を聞いて立てろとか、令和《れいわ》やないんよ」

九十九が苦笑いすると、隣で燈火も水を飲みながらうなずく。

「ねえ、ゆづ～。お客様に、いい人おらんの？　神様以外で」

「うちのお客様は、神様ばっかりだから……」

「ですよねー」

落胆する京には悪いが、これぱっかりは力になれそうにない。

九十九は残りのお弁当を食べて、荷物を整理する。シロへの手紙は、また帰宅してから書くことにしよう。

時間があるし、空き教室で勉強でもしようか。そういう話になって、九十九たちは食堂から移動した。

外へ出ると、乾いた風が頬をなでる。冷たいけれど、空は晴れていて気持ちのいい天気であった。

もうすぐ試験期間だ。高校までのテストとは勝手が違って戸惑うばかりだが、前期の試験で要領はつかめてきた。後期はレポート課題も多いので、コツコツとこなさなければ、授業の単位を落としかねない。

試験が終わったら、春休みだ。もうすぐ一年生が終わると考えたら、あっという間であった。

「あれ」

三人でキャンパス内を歩いていると、視界の端を黒い影が横切った。

最初は野良犬かと思ったけれども、すぐに違うと悟る。

九十九は思わず、数歩前に出た。

「黒陽……！」

大学のキャンパスに現れたのは、黒い狐であった。

九十九が名を呼ぶと、黒陽はこちらに向かって歩いてくる。

「どしたん、ゆづ？」

京が心配そうにしている。彼女には、黒陽が見えていないのだ。

「九十九さん、それは……犬？　じゃないよね？」

燈火には黒陽の姿が認識できるようだが、状況を把握できていない。

九十九は、どう説明しようかと迷う。

「えっと……」

戸惑っている間に、黒陽は九十九のそばへと近づいた。

ずっと逃げていくばかりだったので、真正面から目があうとドキリとする。

シロ様と、同じ琥珀色の瞳……。

『叶えてあげる』

「え？」

清らかに澄んだ女性の声がする。黒陽の口は動いておらず、頭の中に直接語りかけてくるようだった。

話しかけられるのが初めてで、九十九は言葉に詰まってしまう。

『私を捕まえて』

「捕まえる……？」

九十九が戸惑っていると、黒陽はわずかに目を細めた。笑っているみたいに、優しく穏やかな表情だ。

『私を捕まえれば、あなたのねがいを叶えてあげる』

黒陽はそれだけ言って、九十九に背を向けた。

「ああ！ ちょっと待って……！」

九十九は声をあげるが、黒陽は構わず走り去ってしまう。

どうしよう。

とっさに、京と燈火をふり返った。二人とも、なにが起こったのかわからず、ポカンと九十九を見ている。

黒陽について説明するのは時間がかかるし、シロの秘密にも触れてしまう。けれども、早く行かなければ、黒陽に逃げられる。

「ゆづ、うちらなにしたらええん？」

「九十九さんの妖怪退治、また見られるの⁉」

困惑している九十九に、二人が詰め寄った。どうやら、急いでいることだけは伝わったらしい。妖怪退治はしないけど。

「二人とも」

細かい説明はいいから、先に動け。京はそう言いたげに、九十九の肩を押した。

九十九はとりあえず、走り出す。

「黒い狐を追わなきゃいけないの！」

京と燈火も、九十九のあとについて走った。

「それ、ゆづには見えとるん？」

「うん！」

「ボ、ボクも見えてる！」

黒陽はもふりとした尻尾をふりながら、キャンパスの外へと駆けていった。それを追って、九十九たちもキャンパスから道路へ出る。

少しうしろから、スマホのシャッターを押す音が聞こえた。

「あ、ゆづ！　うちにも見えたわい！　すご！」

京が声をあげながら、今撮った写真を示した。

少々ブレているが、大学の外の風景が写っている。その中に、ぼんやりとした黒い靄《もや》がかかっており……黒陽が走った位置と一致した。

「すごい、京」

「心霊番組でやっとったんよ。幽霊が写るかもって」

それはアレでは。心霊写真というやつでは。そして、黒陽は幽霊ではない。

三人は懸命に追いかけるが、黒陽の足は速く、九十九たちはどんどん引き離されてしまった。もともと、動物と人間では身体能力が違う。

「はあ……はあ……」

九十九たちは、とうとう黒陽の姿を見失う。

週一回、体育の授業はあるものの、三人とも運動部ではない。体力にも限界があり、足が止まった。

「ど、どうしよう……探さなきゃ」

九十九は白い肌守りをとり出す。大山祇神の試練を乗り越えたときのように、黒陽の神気を追えないだろうか。

「おねがい。黒陽の居場所を教えて」

念じると、以前よりも素早く神気の結晶が作れた。それを透明な羽根に変えて、九十九は宙にかざしてみる。

けれども……羽根はなにも反応しなかった。いや、正確には方向を示すのだが、くるくると回って落ちてしまうのだ。

九十九は登季子ほど神気を自由自在には操れない。動きが素早い黒陽に、羽根がついていけていないようだ。

これでは、探せない。

どこへ逃げたかわからない黒陽を探すのは骨が折れる。松山中を探すとなれば、人数が必要だった。

「も、も、もしもし……！」

しかし、最初に動いたのは燈火だった。

スマホを耳に当て、どこかへ電話をかけている。

「朝倉《あさくら》さん、で、ですかッ！」

『もしもし？　燈火ちゃん？』

燈火が電話しているのは、小夜子のようだ。要領を得ない口調で、燈火は小夜子に経緯を説明し、応援要請をしていた。

小夜子はこの近くにある看護師の専門学校に通っている。たしかに、協力してくれるとありがたい。

燈火は人見知りで口下手な一面があり、小夜子と積極的に連絡をとるのが九十九には意外だった。

九十九の知らないところで、友達になれていたようだ。それが嬉しくて、頼もしくもあった。

「うちも刑部《おさかべ》に連絡すらい」

京も、スマホのメッセージアプリを起動させていた。相手は調理の専門学校で授業を受けている将崇だ。

九十九のために、二人とも協力してくれる……考えるだけで、元気が出た。

「手分けしたほうがいいと思う。うちは、あっち行くけん……ゆづと種田は、向こうをおねがい！」

京はスマホを片手に走っていく。

「ボク、狐が見えるしがんばるね」

燈火もうなずいて、反対方向へと向かった。

九十九だけ立ち止まるわけにはいかない。

しかし、突発的に黒陽を追いかけはじめたものの、九十九の胸には引っかかりがある。

「わたしの、ねがい……」

九十九は黒陽に、なにをねがえばいいのだろう。

天之御中主神の選択ばかりを考えていて、自分のねがいなんて頭になかった。

黒陽が捕まれば、答えが見つかるだろうか。

夢に出てくるようになった謎もあるし、こんなことをする意図もわからない。とにかく、今は黒陽と話したかった。

九十九は軽いとは言えぬ足で前に踏み出した。

2

『九十九ちゃん、見つけたよ！』

小夜子からの電話を受けたとき、九十九はロープウェー街にいた。

緩やかな坂道の途中には、松山城へと向かうためのロープウェー乗り場がある。観光客向けのお土産物屋さんや、昔ながらの商店が並ぶ街並みは、レトロモダンな雰囲気に整備されていた。

「小夜子ちゃん、今どこ？」

『市役所の辺り。でも、すぐ見失っちゃった……蝶姫にも追いかけられないみたい』

小夜子は鬼使いの血を引いている。鬼使いとしての能力は使えないが、鬼に好かれやすいという特殊な体質をしていた。蝶姫は、小夜子をほかの鬼から守るため、常に行動をともにしている。

「ありがとう、小夜子ちゃん。とりあえず、そっち行ってみるよ！」

『一応、写真送るね。私も、まだ探すよ』

小夜子との電話を切って、九十九は走る方向を変えた。メッセージアプリに添付された写真には、くっきりと黒い影が写っている。

九十九の大学から市役所は、自転車ならすぐの距離だが、徒歩だと電車のほうが速い。ちょうど、駅に路面電車が停車していたので、九十九は勢いでのり込んだ。

いつもながら、のんびりとした松山の景色が車窓を流れる。だが、今の急いた気持ちだと、冗長にも感じてしまった。焦りを掻き立てられる。

それでも、徒歩よりずいぶん早く松山市役所前駅で降車し、九十九は辺りを見回した。小夜子から連絡が入って十分も経っていないが、黒陽の足だと、もうどこか遠くへ行っているかもしれない。

「やあ。誰かと思えば、この間の花嫁さんじゃないか」

芝居がかった口調で話しかけられて、九十九は反射的にふり返った。

すぐうしろから、女性が歩いてきている。裾がフレアに広がった黒いコートに、ふわふわの襟《えり》ファーを巻いているのがお洒落《しゃれ》だった。あまり身体のラインが出ない服装なのに、手足がモデルみたいに細い。女性はアシンメトリーなボブカットを揺らして、親密な笑みを向けていた。

「お袖さん！」

八股榎大明神《やつまたえのきだいみょうじん》に祀られる狸《たぬき》、お袖さんだ。いつものことながら、気さくに笑って近づいてきた。

「どうした、どうした。そんなに慌てて……いや、ちょっと待っておくれ。今、私がクリエイティブに想像してみせようじゃないか。ふむふむ……」

「実は、黒い狐を探しているんです！　見かけませんでしたか！」

お袖さんは人間観察をライフワークにしている。彼女の話は楽しいが、今はちゃんと聞いている余裕がなかった。

九十九の問いに、お袖さんは得意げに顎をなでる。

「ははん。なるほど、なるほど……それならね、さっき見たよ」

「本当ですか？」

「嘘などつくものか」

お袖さんはピンと伸びた指先で、遠くを示した。

「城山をのぼっていくところだったよ」

聳《そび》える勝山《かつやま》の頂上には天守が見える。

松山のシンボルとも呼べる、松山城だ。

せっかく市役所まで来たのに、今度は松山城……九十九は膝から崩れそうになった。松山城へのぼるなら、ロープウェーにのったほうがいい。さっきまで、ロープウェー街にいたのに……くたびれ損となってしまった。

もちろん、市役所側からものぼれる。が、その場合は、徒歩で長い階段を踏破しなければならないのだ。

やるしか……ない、よね？

九十九は弱気になりそうになったが、パチンと顔を叩いて気合いを入れた。

「んんんッ」

気合いを入れなおす九十九の隣で、急にお袖さんが咳き払いした。

お袖さんは、なにか言いたげに、額に手を当て大袈裟なポーズをとっている。どことなく、わざとらしくて、九十九は眉根を寄せた。

「お袖さん、ありがとうございます」

そういえば、お礼を言っていなかった。九十九はていねいに頭をさげて、歩き去ろうとする。

「おいおい、待て待て待て待て。どうして、そうなる」

けれども、なぜかお袖さんから待ったの声がかかった。九十九は不思議に思いながら首を傾げる。

お袖さんは腰に手を当てて胸を張り、親指で自らを指した。

「目の前に、都合のいい女がいるだろうに」

「つ、都合のいい女……？」

「そう。君たちは、困ったときの神頼みと言うだろう」

九十九が要領を得ない返事をすると、お袖さんは大袈裟に肩を竦めてため息をついた。

「なぜ、君は頼ろうとしないんだ。私だって、神の端くれだよ。求められれば、ねがいを聞いてやらないこともない。君は困っているのだろう？　さあ、頼ってくれたまえ」

まったく想定していなかった申し出に、九十九はポカンと口を開けた。困ったときの神頼みとは言っても、自分から「頼ってくれたまえ」と主張する神が、どこにいるのか。いや、ここにいる。

「君には、タダで宿に泊めてもらった恩があるからね」

「でも、あれは……」

九十九の神気が制御できなかったころ、お袖さんには迷惑をかけた。

お袖さんが「同居人」と呼んで大切にしていた堕神を消滅させ、挙げ句、彼女の神気の一部を奪ってしまったのだ。湯築屋での湯治は、そのお詫びだった。九十九に返してもらう恩なんてない。

「神は依怙贔屓《えこひいき》するんだよ。お気に入りの人間には、あれこれと理由をつけて力を貸したくなる」

九十九の戸惑いとは裏腹に、お袖さんは力になりたいと言ってくれる。それが単純に嬉しくて、胸の奥から温かさがこみあげてきた。

頼っても……いいのかな。

迷惑ではないかと不安になったけれど、お袖さんの顔を見ていると、その気持ちも晴れてくる。

「お袖さん……おねがいします！」

九十九は改めて、お袖さんに頭をさげた。

お袖さんは得意げに胸を叩く。

「承知したよ。では、気をつけて」

お袖さんは、九十九の頭を優しくなでてくれる。

いや、なでているのではない。と、九十九の頭のうえに、葉っぱがのせられた段階で気づいた。

これって……？　普段、将崇が変化するときのことを思い出す。

「そーら、行きたまえ！　ぽんっ！」

「え？」

お袖さんが宣言した途端に、九十九の身体から煙があがる。もくもくとわきあがる白が、九十九の視界を奪っていった。

なにが起きているの？　把握する前に、耳元でバサバサッと羽音が聞こえる。鳥が近くに降り立った……違う！

「えええええええ⁉」

思わず声をあげてしまう。

九十九の身体は、人間ではなくなっていた。

腕は羽に、足は細く短く、身体中に羽毛が……九十九は、白鳩の姿になっているではないか。発した言葉は「クルックー！」と鳩語らしき鳴き声に変換されていた。

お袖さんは、九十九に化け術を施したようだ。化けるのが得意な将崇ですら、他人に術はかけられない。さすがは、神様となった狸である。

「す、すごい……」

「なかなか、いい姿じゃないか」

空を飛んだことなんてない。でも、なぜか飛び方はわかる。九十九は精一杯、両手、いや、両翼を広げた。

バサバサッと羽を動かすと風が起き、身体が自然と浮きあがる。飛行機とは違った種類の浮遊感だった。

身体を休めると、そのまま落ちてしまいそう。九十九は懸命に、空へと飛びあがった。

「がんばるんだよー！」

お袖さんの声援を背に、九十九は風を切る。

空から見おろす松山の街は、いつもと違っていた。

鳥の視界は人間と異なって、とても広い。それに、思っている以上に遠くの景色も手にとるようにわかる。特殊だけれど、九十九は意外とすぐに慣れた。

いよてつ髙島屋の屋上にある観覧車くるりんが、普段より小さく感じる。西洋風のお城が建つ松山総合公園から、スポーツ競技場の並ぶ松山中央公園まで、広い範囲が見渡せた。九十九の通う大学や、道後の界隈は思いのほか狭くてびっくりしてしまう。

知らない世界へ来たみたいだ。

九十九は両腕、いや、翼を広げて悠々と空を旋回する。

シロの使い魔も、鳥の姿をすることがある。今、九十九は彼と同じ景色を見ているのだろうか。

そう考えると、ちょっと嬉しかった。

しかし、感心するばかりではいられない。九十九は翼を傾けて、松山城へと降りていく。

松山城は加藤嘉明《かとうよしあき》によって建てられた城である。全国に十二基しかない現存天守の一つだ。ちなみに、愛媛県ではもう一基、宇和島《うわじま》城も現存天守に数えられている。

九十九は天守閣の瓦に舞い降り、羽を休めた。

お袖さんのおかげで、ずいぶんと楽に辿り着けただろう。時間も短縮できてありがたい。素早い黒陽を追うには、大変都合がよかった。

目を凝らして、黒陽の姿を探す。

「いた！」

九十九は思わず声を出す。言葉は鳩らしく、「クルッ」と鳴き声に変換された。いちいち、調子が狂う。

本丸広場を横切るように、黒い狐が走っている。鳥の視覚があるおかげで、視認するのにまったく苦労しなかった。

九十九は黒陽めがけて、白い翼を動かす。風を切る感覚が気持ちよく、あっという間に天守から広場へと到達した。

「待って！」

鳩の姿で、九十九は黒陽の前に降り立った。

「黒陽……！」

九十九は黒陽に呼びかけた。九十九の言葉を理解しているようで、黒陽は耳をピクリと動かして、こちらを見据える。

小さな足で、ちょんちょんと九十九は黒陽との距離を詰めた。

一応、黒陽に追いついたことになる。これで、ゆっくり話が……。

『まだ、捕まえられない』

「え？」

黒陽は素早く身を翻し、九十九の前から逃げ去った。

九十九は慌てて羽ばたくけれど、なぜか追いつくことができない。黒陽の逃げるスピードがあがっているのだ。

どうして。

本気を出していなかったのだろうか。鳥の姿をしているのに、地を駆ける黒陽にどんどん引き離されていった。

これでは、捕まえるなんてとても無理だ。

九十九はいったんあきらめて、甘味処の屋根に止まった。鳩の姿は便利なものの、体力が続かない。休み休み飛ばなければ、すぐ動けなくなりそうだった。

「誰かと思えば……若女将チャン？」

思いがけず声をかけられ、九十九は反応が遅れてしまう。まさか、鳩の姿で九十九に気づく者がいるとは考えていなかった。

鳥らしく首を傾げると、こちらに手をふる姿がある。

素肌にボロボロの革ジャンを羽織る青年。前髪をシュシュで留めているものの、清潔感のなさはあいかわらずだ。セロハンテープで補修したサングラスが、キラリと太陽に反射した。

貧乏神である。読んで字のごとく、憑《つ》いた人間や家を没落させる神様だ。一般的には縁起がよくないとされている。

以前、湯築屋にも宿泊しており、九十九とは顔なじみだ。

「貧乏神様、どうされたんですか？」

九十九は貧乏神の肩に降り立つ。なにか話すたびに、クルックルッと鳴き声に変換されるのが、やや煩わしい。

「どうしたってのは、こっちのセリフだけど」

それもそうだ。九十九はこんな姿で、鳩語をしゃべっている。これまでの経緯を、簡単に説明した。

「黒い狐なんて見てねぇな。俺は甘いものが食べたくなっただけ。ここにいれば、食べた気分に浸れるだろう？」

貧乏神は空っぽの財布を引っくり返しながら、甘味処を指さした。

甘いものを見ていたら、余計に食べたくてひもじくなるだけではないのか……しかし、細かいところは指摘しないでおいた。

「若女将チャンは、なんで狐を探してるんダイ？」

「捕まえれば、ねがいを叶えると言われて……」

九十九が困っていると、貧乏神は指先で頭をなでてくれた。

「それで。君はその狐に、なにをおねがいするつもりなの？」

「えっと……」

問いに、九十九はすぐに答えられなかった。居心地悪く羽を動かして、顔を背けてしまう。

「黒陽には聞きたいことが、たくさんあるんです。だから、とりあえず話がしたくて」

辿々しく告げると、貧乏神は「そうじゃない」と言いたげに人差し指を立てた。

「じゃなくてサ、君のねがいは、なに？」

九十九のねがい……。

黒陽を探しながら、考えないようにしていた。

追う理由はあるけれど、ねがいはとくにない。

本当なら、いろいろ胸を弾ませるのだろう。なんでもねがいが叶うなんて、夢みたいだ。

でも、九十九には本当にねがいがない――本当に？

考えたくないだけなのではないか。

考えてしまえば、天之御中主神の選択が頭を過る。そうしたら、また苦しくなってしまう。

九十九は、逃げているのだろうか……。

「ふうん」

九十九の話を聞いて、貧乏神は無精髭《ぶしょうひげ》の生えた顎をなでた。

貧乏神は、九十九に自らの指を差し出す。移れという意味だ。九十九は小さな足で、ちょこんと飛び移る。

「たぶんだけどさ。その狐は、君の福の神なんダヨ」

軽薄な口調だが、言葉には真摯さが含まれていた。

「捕まえたほうがいいと思う。でも、今は捕まらない気がするんダナ」

今は捕まらない……たしかに、この姿でも、九十九は黒陽に追いつけなかった。あんなにすばしっこく逃げられたら、手も足も出ない。

「道後のほう、行ってみ」

「え？」

なにか根拠があるのだろうか。しかし、貧乏神は多くを説明せずに、九十九に道後の方角を示した。

まっすぐ飛べば、道後に着けるだろう。

「でも、貧乏神様」

「いいからサ」

戸惑う九十九の身体を、貧乏神は宙に向けて放り出す。九十九はされるがままに、空に向かって羽ばたいた。

地面がどんどん遠くなっていく。貧乏神は、ニカッと笑いながら九十九に手をふっていた。

どうしよう。

本当に、このまま道後に行っていいのだろうか。

貧乏神は、黒陽を見ていないと言った。けれども、道後に行けと助言している。根拠があるようにも感じられなかった。

しかし……貧乏神だって神様だ。

一般的に、彼は厄災をもたらす。一方で、貧乏神が去ったあとは福の神が訪れるとか、招き入れると福の神に転じるという逸話もある神様だった。人々の信仰が貧乏の属性を決定づけているだけで、彼自身は邪悪とは遠い性質を持っている。

信じよう。

九十九は再び、翼を動かした。

3

夕暮れどきになると、道後温泉街の色彩は変わる。

昼間は明るく人の多い観光地だが、日が落ちるとガス灯を模した街灯に、やわらかな明かりがつく。飛鳥乃湯泉《あすかのゆ》や、放生園《ほうじょう》のカラクリ時計、道後公園のオブジェなどがライトアップされ、別の趣が漂いはじめていた。

道行く人が減る代わりに、各宿泊施設の浴衣を身にまとった客たちが出歩くのも情緒《じょうちょ》がある。温泉街の夜は、まだまだにぎわうだろう。

九十九は道後温泉本館の屋根に止まった。

本館は、改修工事中だ。古くなった屋根瓦は取り替えられ、綺麗になっている。しかし、使えるものは残されていた。緑青《ろくしょう》を帯びていた銅板も一新され、赤い色がキラキラと夕陽に輝いている。

改修前とは印象が変わる部分も大いにあるだろう。保存工事とはいえ、新しい部分はやっぱり目立つ。古めかしい本館のイメージを惜しむ声も、たしかにあった。

けれども、建造物は歴史とともに歩むものだ。歳月を経て、また別の顔を見せてくれると思えば、今から楽しみでもある。本館は、これから再スタートを切るのだ。

本館の屋根から、九十九は辺りを見回した。

黒陽は現れるのだろうか。

「あ！」

屋根に止まっている九十九を、黒い狐が見あげている。まるで、こっちへ来いと言っているかのようだ。

九十九は素早く飛び立ち、黒陽の前に降りる。

「黒陽」

九十九は黒陽を呼びながら、アスファルトに着地した。

黒陽はすぐに逃げず、九十九と見つめあっている。

「あなたは、本当に黒陽なんですか？」

『…………』

黒陽は、ここにいるはずがない。最初は夢に出てきたので、九十九が創り出したものだと思っていた。

だが、今現実に黒陽は存在している。スマホにも影が写っていたし、燈火など神気が強い者には見えていた。

この現象は、どう説明されるのだろう。

「生きていたんですか？」

『…………』

黒陽は黙したまま、九十九の問いを聞いていた。

逃げもせず、されど、答えもしない。

しばらくして、黒陽は九十九に尻尾を向けた。

『捕まえて』

黒陽はそれだけを言って、九十九の前から去った。

九十九は追いかけようと羽を広げるが、急に身体が重くなる。

「う……」

身体の周りに、白い煙が立ち込めはじめる。

はらりと頭から落ちたのは、お袖さんがのせてくれた葉っぱだ。翼は両手に変わり、九十九は人間の姿へと戻ってしまった。

「術が……」

お袖さんが施した変化の術が解けていく。

人間の姿で地面を歩くと、また感覚が変わる。さっきまで、鳥に変化していたせいで足がもつれて転びそうになった。身体も重くて、腕や足があり得ないくらい怠い。

九十九はよろめきながら、道後温泉本館の裏手から上人坂《しょうにんざか》へと延びていく細い道をのぼった。

これでは、黒陽に追いつけない。

「待って……！」

九十九は黒陽に呼びかけるけれども、容赦なく置いていかれる。本当に捕まえるまで、会話することすらできないようだ。今のままではイタチごっこである。

「大丈夫かしら？」

よろよろと歩く九十九の姿が目に留まったようだ。

坂の途中に位置する圓満寺《えんまんじ》から、火除け地蔵が出てきた。

火除け地蔵は、仏堂に鎮座する大きなお地蔵様だ。湯の大地蔵尊とも呼ばれ、奈良時代の僧侶・行基《ぎょうき》が彫ったとされる。

古くから火を除ける地蔵と親しまれており、その名が転じて浮気防止や夫婦円満の御利益が信じられている。

見目は麗《うるわ》しい淑女のようだが、背丈が高く肩幅も張っていて、声が太い。性別の概念がないお地蔵様らしい、というよりは、女装した男性という風貌であった。それを指摘すると、「失礼しちゃうわ」と返されるので、湯築屋では基本的に触れないようにしている。

「火除け地蔵様……」

「顔色がとっても悪いわ。少し休んでいきなさい」

そんなに顔色がよくないのだろうか。

火除け地蔵は、心配そうに九十九の身体を支えた。

「いえ、平気です」

九十九は火除け地蔵の手を振り解いて、坂のうえを見据えた。

だが、やはり足がもつれて、上手く歩けない。呆気なく、火除け地蔵のたくましい腕に倒れ込んでしまった。

鳥になっているとき、体力を消耗したようだ。視界も急に狭くなって、頭が痛い。

横になっていたほうがいい体調なのは、明白だった。

「宿に連絡して迎えにきてもらいましょ」

「でも、今追わないと……」

見失えば、また一からやりなおしだ。

「こんな状態で行かせられるわけがないわよ」

火除け地蔵は九十九の身体をしっかり抱く。

「無理をしなくちゃいけないことなの？」

そこには、本当に九十九を案じる表情が浮かんでいた。そして、九十九を叱《しか》っている色も見てとれる。

こんなに心配をかけていると思うと、悪いことをしている気がした。

「今のまま追いかけていたって、絶対に捕まらないわよ」

火除け地蔵は、そう言って九十九の肩を強く押さえつける。

「え……火除け地蔵様、知っているんですか……？」

言い回しが引っかかって、九十九はつい聞き返した。九十九は火除け地蔵に、まだ事情を話していない。

「実はね。さっき、燈火ちゃんから連絡もらっちゃった」

火除け地蔵は、スマホを見せながらウインクした。

どうやら、いつの間にか燈火と連絡先を交換していたらしい。最近は、神様もスマホを持っているケースが増えた。そして、圓満寺はフォトジェニックなスポットとして女性に人気が高く、燈火もお気に入りだ。

燈火は、各方面に連絡しているらしい。本来なら、九十九がやらなければいけないのに
……今日はそこに思い至ることができなかった。燈火の成長には舌を巻く。

「絶対に捕まらないって……？」

「そのままの意味よ。今のあなたには、むずかしいわ」

九十九の問いに、火除け地蔵は当然のように答える。肩にかかった長い髪を振り払い、
九十九を真正面から視線で射貫く。

「だって、あなたのねがいが決まっていないもの。ねがいのない者に、神は手を差し伸べない」

九十九は口を半開きにしてしまった。

「捕まえられないのは、あなたのねがいが決まっていないから。あなたの望みは、なに？」

貧乏神にも、似たことを言われた。

みんな本当は知っているのかもしれない。

そして、九十九に気づかせようとしている。

「わたしの……」

わたしの、望み。

九十九の頭は空っぽだった。ねがいを考えなければいけないのに、すぐにはなにも浮か

んでこない。

しかし、しばらくなにも考えないでいると、沸々と胸の奥から湧き出る感情があった。その感情に名前をつけることができなくて、九十九は口をぱくぱくと、開いたり閉じたりしてしまう。

そんな九十九を、火除け地蔵はゆっくりと仏堂へ導く。大きな木造のお地蔵様が見守る前に、九十九を座らせた。

「落ちついて。あなたには、ねがいがあるから」

火除け地蔵は、九十九の肩をなでながら優しく言い聞かせる。

そんなことを言われたって、九十九は答えを導き出せない。黒陽も、遠くへ逃げてしまって追いつけないだろう。

途方に暮れて視線をあげると、鮮やかな色が目に入った。

圓満寺の名物として、仏堂の入り口に吊してある色とりどりのお結び玉だ。

恋のねがいを書いて結んでおくと、成就するというものだった。布製の玉飾りは、道後温泉のシンボル「湯の玉」をイメージしている。訪れた人々によって無数の玉が結ばれ、美しいカーテンのようになっていた。

九十九は無心で立ちあがり、一歩一歩、お結び玉に向かって歩く。

たしか……。

圓満寺には、多くの参拝客が訪れる。次から次へと増えるお結び玉は、数え切れなくなっていた。

その中から、九十九は黄色のお結び玉を手でわけて探し出す。そして、一つひとつ、ねがいを確認していった。

「あった」

しばらくすると、見覚えのある字を発見する。


シロ様と幸せになれますように。


九十九が結んだ玉だ。

油性ペンで、「シロ様が幸せになれますように」と書いたあと、一字なおした。あれから、ずっと胸に刻んでいたはずの言葉でもある。

見つけた瞬間、九十九は膝から崩れるように、その場に座り込んでしまう。身体から力が抜けて、立ちあがる気力が起きない。

九十九のねがいは、決まっていたはずだ。

見ないふりをしていただけ。

シロと一緒に幸せになりたい。

どちらか一方ではなく、お互いが笑っていられる未来を望んでいる。

改めて自覚した途端、天之御中主神の選択が目の前に立ちはだかった。

シロを檻の役目から解放し、九十九と同じ時間を過ごすか。

だが、その選択をすれば湯築屋の結界は維持されない。永い歴史を持つ湯築屋を、終わらせなければならなかった。

シロの自由か、湯築屋か。

選ぶのは、シロだ。

けれども……。

九十九は——シロと一緒にいたい。

同じときを過ごし、同じ景色を見て、同じ場所で笑っていたかった。

でも、そんなのワガママだ。九十九の身勝手で湯築屋を潰すわけにはいかない。今日だって、お袖さんや貧乏神、火除け地蔵にお世話になった。儀式にも、たくさんの神様が来てくれた。

こんなに神様から助けられているのに、湯築屋を失わせるわけにはいかないではないか。

シロがどんな未来を選んでも、九十九は受け入れるつもりでいる。だけど、そこにシロと九十九、互いの幸せがあるのだろうか。

なにかを得るためには、犠牲が必要だ。きっと、そう。

しかし、それは……九十九の望みではない。

『正直でいいんだよ』

力なくうつむいた九十九に、誰かが語りかける。

「黒陽」

逃げたはずの黒陽がそこにいた。なにを聞いても無言だったのに、琥珀色の瞳に優しい色を浮かべて、九十九を見ている。

黒陽は前脚をそろえて座った。

戸惑う九十九の顔に、黒陽は鼻を寄せる。そっと抱きしめると、生きているみたいな温かさを感じた。いや、間違いなく、黒陽は生きている。幻などではないと実感した。

『やっと、捕まえてくれた』

神気がシロと似ている。

いや、同じだ。

黒陽はシロと対の神使だった。けれども、シロは天之御中主神と融合して神となった経緯がある。神気が似ているのは当然だが、同一のはずがない。

九十九の夢で、黒陽の神気が結界と似ていると感じていた。あれは気のせいなどではなかったのだ。

「黒陽。あなたは、何者なんですか?」

九十九が問いに黒陽は目を細めた。

笑っているようだ。

『私は黒陽だけど、黒陽ではない』

黒陽が言うと、九十九は周囲の変化に気がついた。

今まで、圓満寺にいたはずだ。

けれども、色とりどりのお結び玉も、火除け地蔵の姿もない。

星も月もない藍色の空が広がる空間。薄らと雪の積もった日本庭園の奥には、近代和風建築の建物がある。ぎやまん硝子の窓から、温かで優しい明かりが漏れていた。道後温泉本館に似た外観だが、厳密には異なる。

九十九が一番見慣れた光景だ。

「湯築屋……」

いつの間にか、九十九たちは湯築屋へと移動していた。

「一肌脱ぐと、言ったのだわ」

呆然としている九十九の前に、白い衣装の神が舞い降りた。

純白の衣をまとい、領巾《ひれ》が翼のように広がっている。絹束のごとき白髪も、琥珀色の瞳も、神秘的で美しい。

小竹葉《ささば》の手草《たぐさ》を右手に、宇迦之御魂神は九十九に笑いかけた。

「宇迦之御魂神様……」

黒陽が宇迦之御魂神の隣へと歩いていく。宇迦之御魂神は、愛情深い母親の笑みで黒陽の頭をなでた。

「さて、改めて問いましょうか」

宇迦之御魂神は手草を九十九へ向けた。そこに普段の親密さはなく、女神として、九十九に問いかけているのだとわかる。

ピリリとした緊張感に、九十九は背筋を伸ばした。

「あなたのねがいを聞かせてちょうだい」

黒陽ではなく、宇迦之御魂神からの問いかけ。

一連の出来事の糸を引いていたのが、彼女であると九十九は直感した。

これは、宇迦之御魂神が九十九に与えた試練だったのだ。

「でも――」

九十九には選べない。

しかし、そうではないのだと宇迦之御魂神は首を横にふった。

「私が問うのは、ねがい。私はあなたたちに、選択を課したりはしないわ」

選択など関係ない。

純粋に、九十九のねがいを問うているのだ。

九十九は固唾を呑む。

本当に大丈夫だろうか――宇迦之御魂神は、これまでも九十九に手を差し伸べてきた。九十九とシロを温かく見守ってくれている。

宇迦之御魂神を信じよう。

お袖さんも、神を頼ってもいいと言っていた。お客様に迷惑をかけられないが、その前に、彼らは神様なのだ。

「わたし……」

九十九は決意を固めて立ちあがる。

もう大丈夫。自分の足で立っていられた。

「九十九」

宇迦之御魂神のうしろには、シロがいる。彼は心配そうに、九十九から目を離さなかった。黙って、九十九のねがいを聞き届けてくれるつもりのようだ。

「わたしのねがいは」

口にしようとして、戸惑いもあった。

九十九のねがいは、果たしてシロと同じだろうか。

シロが別の望みを持っていたら――。

ううん。考えない。

今、問われているのは、わたしのねがい。

「シロ様を自由にして、一緒に生きたいです。シロ様と……同じ場所にいたい。ずっと、湯築屋でみんなと笑いたい。湯築屋が消えるなんて嫌。ワガママでもなんでも、これがわたしのねがいです」

九十九の声は震えている。

それでも、最後まではっきりと自分の言葉で伝えられた。

天之御中主神の提示した選択は、九十九の意に反する。どちらか一方など選べるはずがない。

九十九は両方欲しい。

シロの自由も、湯築屋の未来も、全部手に入れたかった。

そうでなければ、九十九とシロの両方が幸せになどなれない。一番強欲で、ワガママで……そして、ささやかなねがいだった。

「よく言ってくれました」

九十九の言葉を受けて、宇迦之御魂神が微笑する。

ねがいは、女神に届いた。

「九十九」

シロが九十九の傍らに移り、肩を支えてくれる。

その途端に九十九の身体から力が抜けていった。シロに寄りかかる形で、九十九は身をあずける。

もう体力も気力も、限界に近い。まぶたを閉じれば、すぐ眠りに落ちそうだ。

「九十九も、儂と同じで嬉しい」

琥珀色の瞳が微笑み、九十九をのぞき込んでいる。

見つめ返すうちに、九十九の中にも暖かな光が灯った。

「お前と出会えただけで、儂は幸せだ」

天岩戸で九十九が眠りに落ちる直前、シロは同じ言葉を口にしていた。脳内をフラッシュバックする記憶と、目の前のシロが重なる。

「ただ、ずっと――」

この先を、九十九は覚えていない。

けれども、聞くのが怖くてそのままにしていた。

シロの唇が、ゆっくりと動く。

「九十九と同じ景色が見たいと思った。お前たちと同じ目線で……神としてではなく、同じ場所に立っていたい。九十九に会って、儂はそう思うようになった」

シロは神で在り続けたいのかもしれない。その可能性が拭い切れていなかった。

でも、シロは……九十九と同じだ。

ふたりで、同じ場所にいたい。

同じ景色を見て、同じように笑いたい。

シロのねがいも、九十九と同じ。

嬉しくて、九十九は自然と笑顔になる。

だけど、言ったところで叶わぬ望みだ。希望など、最初から持たないほうがいい。だから、九十九は逃げていた。

ねがってしまったことで、じわじわと罪悪感がわきあがる。

同時に、不思議とすっきりする気持ちもあった。誰にも言えず、閉じ込めていたねがいを吐き出せて、胸の奥底が軽くなる。

「なんのために、私が儀式をしたと思っているのかしら？」

「え？」

けれども、宇迦之御魂神の言葉に九十九は目を瞬《しばたた》かせる。

宇迦之御魂神は、手草をふって舞うようにその場で一回転した。彼女の傍らで、黒陽が前脚をそろえて座っている。

「この子は、黒陽」

宇迦之御魂神は、黒陽の頭をなでながら説明する。

「でも、私の神使ではない。あなたたちの知っている黒陽とは違うということ」

さきほども、黒陽が似たような話をしていた。

だが、それならば、ここにいる黒陽は何者なのだろう。なぜ、シロと同一の神気を持つのだろう。疑問が尽きなかった。

「これは、あなたたちの生み出した存在だから」

「わたしたちが?」

宇迦之御魂神の語る言葉は、九十九にとって予想外であった。シロも目を見開いている。

「どういうことだ? なにをした?」

シロの問いかけに、宇迦之御魂神は語りはじめる。

「私はあきらめが悪い女神なのだわ」

神使であった黒陽は消滅した。

宇迦之御魂神は神使たちを子のように思っている。シロの境遇と黒陽の死によってもたらされた悲しみが消えることはなかった。無論、間違いを犯したのはシロである。だからと言って、割り切れるものではない。神にだって感情がある。

黒陽をあきらめていなかった宇迦之御魂神は、再び神使を創り出そうと準備をしていたのだ。

だが、黒陽は二度と創り出せない。なぜなら、黒陽はシロの片割れで、対になる存在だ。そして、神使としてのシロは、もういない。稲荷神白夜命は、すでに宇迦之御魂神の神使ではないのだ。

黒陽に近しい存在を創るには、シロの結界を借りなければならなかった。

宇迦之御魂神には、半世紀に一度、湯築屋の結界を肩代わりする役目がある。その間は、シロも天之御中主神も、眠りにつき休息をとるのだ。

宇迦之御魂神は結界を肩代わりしながら、少しずつ、少しずつ、結界を創り変えていた。

そうして、宇迦之御魂神は黒陽を形成したのである。

「私は準備を進めていたけれど、やっぱり足りなかったの」

「足りなかった？」

問いに、宇迦之御魂神はうなずく。

「黒陽の形は、ある程度できあがったのだけれど……それを白夜から引き離す術が、私にはなかった」

ここまで話されて、九十九は初めて理解する。

天之御中主神との接触によって、九十九には神気を引き寄せる力が目覚めた。神様から神気を奪いとってしまえるほど、強力な力だ。

宇迦之御魂神の求めていた能力だった。

「だから、わたしとシロ様の儀式を行ったんですね」

「そういうこと」

九十九とシロが婚姻の儀を結びなおせば、繋がりが強化される。儀式は、天之御中主神とシロとの対話を実現させるためのもの──違った。

一方的に九十九が宇迦之御魂神にお世話になったと思っていたけれど、九十九は利用されたのだ。

天之御中主神を出し抜くために。

いまさら、宇迦之御魂神の強かさを実感する。彼女は、永い永い歳月をかけて機会をうかがっていたのだ。

「この子は、黒陽であり黒陽ではない。新しい存在……言わば、あなたたちの子よ」

宇迦之御魂神は、黒陽を抱きしめながらウインクした。

「わたしたちの子っていうのは、ちょっと強引じゃないですか……？」

「そうかしら。白夜から生まれて、あなたが引き出した。これに相違はないのだわ」

説明されると、そのような気がしてくるが、納得はいかない。

「儂と九十九の子。悪くないのでは？」

一方のシロは、存外、気に入っているようだ。九十九は苦笑いしながら、肩を落とした。

「ほら、シロ様が変なこと覚えちゃったじゃないですか」

「九十九は、儂をなんだと思っておるのだ。子供扱いするでない」

「子供みたいなこと言うからです」

「斯様《かよう》に完璧な旦那様は、おらぬというのに」

「誰の話ですか」

いつもの調子で言いあってから、シロと九十九は、お互いを見つめる。どんなときでも、シロはシロだ。そして、九十九もそんなシロが好きだった。

シロは自身が言うような、完璧な神様などではない。不完全で臆病で、すぐに駄々をこねる。いつも九十九を困らせて、何度怒ったってキリがない。

それでも、九十九にとっては、唯一の存在だ。

代わりのいない、大切な旦那様。

シロの妻でよかった。彼と出会えて、同じねがいを持てるだけで幸せだ。

今、改めてそう思える。

『ありがとう』

そう述べて、九十九たちの前に歩み出たのは黒陽だった。

宇迦之御魂神が子供などと言うものだから、妙に意識してしまう。小さな身体は愛らしくて、こうしていると、なでてみたくなった。

だが、九十九の隣で、シロは目を伏せて膝を折る。

黒陽と目線をあわせ、頭に手を伸ばした。

「礼を言われる謂《いわ》れはない……儂は、お前を」

シロの過ちによって、黒陽は命を絶たれている。四国に住む多くの狐たちも、同様に犠牲となった。

月子の命を救って摂理を曲げた代償は、命でしか贖《あがな》えない。選択したとき、シロはその意味を知らなかった。あんなことになると予想できていれば、彼は他の選択をしたかもしれない。

だが、選択は変えられない。

命は戻らない。

ここにいる黒陽も、かつて失われた片割れとは別の存在だ。

それでも、シロは謝罪したかったのだろう。

しかし、黒陽に謝るシロの表情に悲愴感はない。むしろ、九十九にはシロが穏やかな面持ちをしているように思えた。

ずっと言えなかった謝罪ができて、シロの心も救われたようだ。

『いいえ。私は感謝してる』

黒陽は首をふって目を閉じた。

『再び生まれてこられて、嬉しい。九十九と白夜、どちらが欠けていても、私はこの世にいなかった』

黒陽はふたりに頭を垂れる。

シロから生み出され、九十九がいなければ分離できなかった。

なにかをしたという自覚はなかったけれど、積み重なった奇跡のようで、黒陽を見ているだけで温かくなれる。

『だから、私が白夜の代わりになる』

「代わり……？」

九十九が聞き返してしまう。

『私が白夜の代わりに、結界の役を担う』

黒陽がいれば、シロが役目を離れても結界は維持される。

湯築屋がなくならずに済む。

九十九たちのねがいを叶えるには、これしかない。

だけど――。

「それは、ならぬ。これは儂の罪だ」

九十九よりも先に、シロが首を横にふった。

シロが開放される代わりに、黒陽が犠牲になるなど、あってはならない。これでは、黒陽にすべてを押しつけてしまう。

九十九もシロと同じ意見だった。

『あなたは、もう充分罰を受けた』

「だが、お前が」

『大丈夫』

黒陽はシロの膝に前脚を置いた。そして、身体を伸ばして頬を優しく舐める。

まるで、赦《ゆる》しを与えるかのように。

『私は、あなたに救われてほしい。もういいんだよ』

シロはずっと、自らを許してこなかった。

許せずに、辛くて、苦しくて……永い刻《とき》の中で、後悔ばかりしていた。歴代の巫女にも、誰にも、自分の罪を告白できず、独りで。

シロは檻の役割を担っている。

同時に、シロ自身が孤独な檻に囚われていた。

「儂は……」

シロの頬に、一筋の涙が流れる。

九十九はシロの涙を初めて見た。しかし、悲しみではなく、黒陽に許された救いの涙なのだと理解できる。

黒陽によって、シロはようやく、自分を許せたのかもしれない。

「シロ様」

九十九はシロの頬にハンカチを当てて、涙を拭う。シロはその手を包むようににぎって、九十九を自分のほうへ引き寄せた。

「情けないところを見せた」

いまさら、格好つける必要などない。

九十九は急におかしくなって、笑みを浮かべた。

「シロ様が残念で情けないのは、いつものことですよ」

「なんと」

シロは不服を口にするが、顔は冗談っぽく笑っていた。

空気が和み、気が抜けてくる。

「湯築九十九」

宇迦之御魂神は、改めて九十九の名を口にする。普段お客様から、そんな風に名前を呼ばれないので、なんだかむず痒《がゆ》い。

「白夜をおねがい」

九十九の力で、シロを結界から引き離す。

そして、黒陽がシロの代わりに就く。

シロはまだ浮かない顔をしていたけれど、宇迦之御魂神の計画に異を唱えることはしなかった。

「でも、わたし……今、力がそんなに……」

ここへ来るまでに、ずいぶんと体力を消耗してしまった。お袖さんの変化術が影響しているのだろう。もう立っているのでやっとであった。この状態で神気を大量に使える自信がない。

だが、宇迦之御魂神は腰に手を当て、手草を向けてくる。

「目の前の夫から、ちょっと吸いなさいな」

急に大雑把《おおざっぱ》なことを言いはじめるので、九十九は困惑した。

これからシロは結界から離れるのに、神気をわけてもらって、大丈夫だろうか。

「でも、シロ様からいただくのは……」

「なるほど、そうしよう」

尻込みする九十九など置いて、シロが了承した。九十九はシロを案じているのだが、存外、大丈夫なのだろうか。その辺りの説明がなく、よくわからないままシロから神気をいただく流れになった。

「九十九」

シロは九十九の頬に手を当てる。長くて綺麗な指で急に触られると、身体がビクリと強張《こわば》ってしまう。

指先が顎へと移動して、九十九の視線が持ちあげられる。

シロとの距離が縮まって、息づかいまで聞こえてきた。

「え？　シロ様？」

今の話で、どうしてこのような距離になるのだろう。

九十九は戸惑ったが、シロは意に介していない。宇迦之御魂神も、にこにこと成りゆきを見守っている。

「目を閉じておれ。すぐに終わる」

「は、はい……」

九十九は目を閉じた。

力を使うのは九十九だ。しかし、今はなにもかも、シロに委ねていればいいような気がした。

優しい木漏れ日の夢でも見ている心地だ。

「…………」

やがて、シロは九十九に唇を重ねた。

唇の感触を通じて、温かな神気が身体に流れ込んできた。心臓の脈打つ音にあわせて、力が全身を巡る感覚。

九十九は白い肌守りをにぎりしめる。

薄くまぶたを開けると、辺りが真っ白な光で包まれていた。

しばらくもしないうちに、景色が塗りつぶされていく――。

4

漂白された世界。

なにもかもに境目がなく、虚無の空間である。湯築屋を覆う黄昏の藍色とは異なり、まぶしさに目が潰れそうだ。

シロは独り、踏み出した。

周囲に建物も山もないはずなのに、下駄の音が幾重にも反響する。

隣に九十九はいない。

この場所は、結界を形作る核のようなものである。巫女と言えど、立ち入ることはできぬ領域だった。

シロはここで、成すべきことがある。

『ほう。何用かの？　もう、其方は我《わし》とは別離するというのに』

九十九にシロの神気を与えた。シロは、程なくして結界から引き離されるだろう。代わりに、黒陽が結界としての役目を担うことになる。

なにもない空間に、一羽の白鷺が立っていた。白と白の境界が区別できず、注視しなければ気がつかないだろう。

シロは白鷺――天之御中主神をまっすぐに見据える。

視線をそらさず、睨むように。

『浮かぬ顔だ。もっと晴れやかに振る舞えぬのか。檻からの解放は、其方の望みであったろう？』

皮肉めいた言い方ではあるが、天之御中主神に悪意はない。自覚がないぶん、指摘しても改まらないので始末が悪かった。

「その前に、儂はお前と話さねばならぬ」

『其方の考えは大方見当がついておるが、聞いてやるかの』

シロと天之御中主神は表裏の存在だ。シロがなにを考え、どうしたいかは筒抜けであろう。

しかし、天之御中主神はシロ自らに言わせることに意味があると考えるらしい。不本意ながら、シロもそうすべきだと思う。

シロは逃げない。

だから、ここへ来た。

「結界は、儂への罰のはずだ。黒陽が背負い続ける必要はない」

今後、湯築屋の結界は黒陽によって維持される。

永遠とも呼ぶべき歳月を、人や時代を見送りながら過ごすのは孤独だ。神々は訪れるし、宇迦之御魂神も黒陽を見捨てぬだろう。けれども、シロはその日々の寂しさを知っているからこそ、肩代わりなどさせられなかった。

『では、其方が結界となるか？　それとも――』

「選択は、もう結構だ」

面白がる天之御中主神に、シロは掌を突き出した。

「黒陽へ渡す前に、結界を創り変える」

この歪な結界を、在り方そのものを、シロは否定する。

それはシロの選択ではなく、望み。

未来は与えられる選択ではなく、自らの望みで拓くべきだ。九十九と出会い、共に過ごしたいとねがわなければ、至らなかった答えだった。

人間は、いつだってそうやって未来を拓く。愚かで醜い面ばかりではない。強くたくましい美しさと、尊さがある。

シロは、その光に焦がれていた。

「結界の主を代替わりとするのだ」

宇迦之御魂神は、黒陽を創るために時間をかけた。それは、彼女が根本的に結界とは一体ではないからだ。シロならば、造作もなく数十年、否、数年で成せるはずだった。できなかったのは、シロに檻の役目があったためだ。そもそも、シロには誰かに罰を肩代わりさせる発想などない。

今後は結界から分身と呼べる存在を創り、次代の主として継承させる。くり返していけば、悠久の牢獄に囚われずに済むだろう。

黒陽へと譲る前に、シロは結界を創り変えたい。

それには、天之御中主神の許しが必要だった。

『継承は命ある者どもの美徳ぞ。結界の主は神となる。其方は摂理を曲げるのかの？』

試すような口調が癇に障る。実際、試しているのだろう。

しかし、シロにはこの神の真意がわかる。知ったうえで質問されたところで、なにも動揺しなかった。天之御中主神も承知のはずだ。

「曲げねばならぬ摂理もあろう」

摂理の話を持ち出すならば――すでに天之御中主神が曲げていた。

いくら黒陽が申し出たところで、本来、罪を犯したシロが許されてはならないのだ。九十九の能力があったとしても、シロが結界から離れるなどできない。

だが、シロは許された。

天之御中主神が摂理を曲げたからだ。

そして、結界を維持し、自ら檻に留まり続けるという罰を科した。シロが許されるならば、天之御中主神も同じでなければならないはずなのに。

「お前は言葉が足りぬと、九十九から言われなかったのか」

『言わておるのう』

天之御中主神は翼を広げた。

白鷺の姿が光に包まれる。本質は変わらぬまま、墨色の髪を垂らし、背に翼を持つ姿へと変じていった。

『これが我の選択ぞ』

シロは表情を変えず、天之御中主神と対峙し続ける。

忌々しい自らの表裏。

これより、別の存在となるのが不思議だった。

「それを、お前が選んだならば、儂はなにも言わぬ」

『其方と違って、我には望みがないからの』

天之御中主神は見守る神だ。

天地開闢より存在する原初の神。そして、終焉を見届ける別天津神である。時代によって、人間から様々な解釈や信仰が付与されてきたが、他の神々と違い、天之御中主神だけは在り方が変わっていない。

天之御中主神がねがいを持つなど、未来永劫ないかもしれぬ。表裏の存在であっても、シロとは決定的に異なる部分だろう。

相容れない。

だが、憎んではいなかった。

「さらばだ」

『また時折、様子を見に顔を出してやろう』

そのような言われ方をすると、気分がよくない。なるほど、これが九十九の言う「空気読んでくださいよ！」というやつか。今後、気をつけるとしよう。

シロは一歩、前へと出る。

天之御中主神も、こちらへ歩いた。

互いに適度な距離を保ったまま、見つめあう。

じきに、シロはここを離れなければならない。九十九の力で、結界への干渉力が弱まっているのを感じる。

シロはさらに進み、天之御中主神の横をすり抜けた。

これから、シロが進むべきは、うしろではなく前である。

九十九と生きると決めた以上、留まることは許されない。

限りある命を、一瞬一瞬を、精一杯に生きねばならないのだ。

『別離《さらば》だ』
背中に投げられた言葉に、シロはふり返らなかった。
あいさつは、済ませたばかりだ。
身体を取り巻く白が強さを増す。
漂白された虚無の世界に、シロも溶け込むようだった。

カランコロン。

古き温泉街に、お宿が一軒ありまして。

傷を癒やす神の湯とされる泉――松山道後。この地の湯には、神の力を癒やす効果があるそうで。

そのお宿、見た目は木造平屋でそれなりに風情もあるが、地味。暖簾には宿の名前である「湯築屋」とだけ。

しかしながら、このお宿。普通の人間は足を踏み入れることができないとか。

でも、暖簾を潜った客は、その意味をきっと理解するのです。

そこに宿泊することができるお客様であるならば。

そう。

このお宿は、神様のためにあるのだから。

刻・永遠《とわ》の愛

1

シャン、シャン――。

鈴の音が鳴り響く。

客が来館した合図だった。

従業員たちが、お客様を迎えようと玄関へそろう。

結界に囲まれた湯築屋は、外界から遮断された空間だ。しかし、外の世界と同じく薄紅色の桜が咲き誇り、庭園を彩っていた。

空に輝く星も満月も、まやかしだ。結界の主の裁量一つで出現させられる。今の主はそれらを好むのであろう。しばらくすると、星が一つ流れた。

風流な庭と空をながめながら客――宇迦之御魂神はつぶやく。

「ここも、変わったのだわ」

変化を惜しいと思わず、宇迦之御魂神は湯築屋の玄関を開けた。

湯築屋を訪れるのは、いつ以来だろう。もっと頻繁に出入りしていた時期もあるのだけれど、ここのところは必要がなかった。

「いらっしゃいませ、宇迦之御魂神様」

従業員たちは、笑顔で宇迦之御魂神を出迎える。

真ん中でお辞儀をしていた女将が頭をあげた。湯築登季子である。

以前は海外営業に勤《いそ》しみ、ほとんど湯築屋にいなかった女性だ。しわの刻まれた顔は老いたが、人としての深みが見てとれる。

そのほかは、宇迦之御魂神にとっては新顔ばかりだった。神にとって、珍しい現象ではない。

「あら、可愛らしい」

従業員の一人に目を配る。すると、年端もいかぬ娘が恥ずかしそうに頭をさげた。けれども、彼女の背後から、ぴょこんと狐の尻尾が現れる。

「は、初めまして。イヨと申しますっ……宿で接客見習いをしております。よろしくおねがいしますぅ」

話している途中に、右の耳、左の耳と、順にぴょこぴょこ出てきた。イヨはそれに気づいたのか、慌てて両手で耳を隠した。

「お母さんに似たのかしら」

「あ……母をご存じなんですね。今、湯築屋にいないので、また今度伝えておきますっ！」

イヨは照れくさそうに笑いながら、顔を赤くした。

彼女の母は、化け狸の開いた料理屋に嫁いだと、手紙をもらったことがある。石手寺《いして》のすぐ近くで、主にお遍路《へんろ》客を相手にしているようだ。

娘がいるとは知らなかった。店には興味があるので、今回の滞在で行ってみようか。楽しみが増えた。

「お客様、いらっしゃいませ」

従業員たちに遅れて現れたのは、黒い装束をまとった一柱であった。

漆黒の闇を溶かしたかのような髪が、滑らかに光沢を放っている。琥珀色の瞳は、もとになった神から譲り受けた色だ。

頭のうえには黒い耳、うしろには大きな黒い尻尾が生えていた。目元に引いた朱色の化粧が吊り目を強調している。

「しばらくぶりね、黒陽」

宇迦之御魂神が声をかけると、黒陽は笑みを浮かべた。

「待ちくたびれたよ。二十年は長いんだね」

「これでも、早く来たほうよ」

黒陽が結界の役割を担い、神となってから二十年の月日が経った。

宇迦之御魂神には、長い時間が経過したという意識がなかったけれど、黒陽は慣れないらしい。

「クロ様。お客様のご案内をおまかせして、よろしいですか」

登季子の声に、黒陽は笑みで返した。なるほど。従業員から、彼女は「クロ様」で通っているらしい。

「さあ、案内《あない》しましょう」

黒陽は湯築屋の主らしく、宇迦之御魂神に客室を示す。いつものお部屋を確保してくれているようだ。

宇迦之御魂神は軽い足どりで、黒陽について歩いた。

「今日、白夜は？　ここに住んでいるのでしょう？」

何気なく問うと、黒陽は首を横にふった。

「おでかけするんだって。今、デートの服選びをしているよ。あとで、ごあいさつするって伝言だったたね」

「もうっ。私が来るって知っていながら……服もマトモに選べないの？　行って指導してあげたほうがいいんじゃないのかしら？」

むくれると、黒陽がクスリと笑う。

「許してあげてよ。おめかしに慣れていないんだから」

「別に、怒っていないわよ。あなたに会えただけでも、充分満足」

「私も嬉しい」

宇迦之御魂神は言いながら、黒陽の腕に抱きついた。女性らしいやわらかさと細さが、堪らなく可愛い。自分の神使ではないとはいえ、愛着は強かった。

黒陽に案内され、宇迦之御魂神は五光の間へ通される。

いつもながら、宇迦之御魂神好みのいい部屋だ。庭をながめながらお風呂に入れるのが粋だった。

宇迦之御魂神は、早速、窓際に腰をおろす。

だが、ふと黒陽をふり返った。

「ねえ、出てきなさいよ」

宇迦之御魂神が呼びかけたのは、黒陽に対してではない。

その裏側にいる神だ。

黒陽はしばらく立ち尽くしていた。

が、瞳が琥珀から紫水晶に変じる。

『急に呼び立てて、何事かの』

天之御中主神は退屈そうに、宇迦之御魂神の前に現れた。その態度が面白くなくて、宇迦之御魂神は眼前の神を睨みつける。

「予約したのだから、呼び立てられるのはわかっていたでしょうよ」

『まあな』

天之御中主神は、その場に胡座《あぐら》をかく。可愛い黒陽の姿で、らしくない仕草をされると無性に腹が立った。

「私は、あなたを許していなかった」

結界を勝手に創り変えていたのも、湯築九十九に協力して儀式を執り行ったのも。全部、宇迦之御魂神なりの抗議だ。

『許すとは？　我は其方に許されようとは、思ったことがなくての』

「あなたがそういう神なのも、理解しているわ」

天之御中主神は騙すような方法でシロに選択を迫っただけではなく、黒陽の命まで奪った。宇迦之御魂神になんの相談もなく、だ。

それは神の権能を侵害する行為である。

だから、同じことをしてやった。

宇迦之御魂神は国津神。別天津神である天之御中主神には真っ向から敵わない。そもそも、神同士で争うなど不毛だ。彼女の行動を褒めぬ神は多い。

それでも意趣返しがしたかったのだ。

「気を悪くしたかしら？」

『否。そうであれば、あそこまで黙認せぬ』

天之御中主神には、当然わかっていただろう。結界の構造を変えて、天之御中主神を誤魔化すのは不可能だ。

「手を貸せとまでは言っていないのだわ」

『余計だったかの』

「やり方が気に入らないのよ」

神気を引き寄せる能力。

あんなにも都合よく、湯築の巫女がその力を発現させるなど、まずあり得ない。九十九の神気は人間にしては上質で強いが、新たな特性が発現することは、あまり例のない事例である。それも、宇迦之御魂神が求めた時機に、だ。

結局、天之御中主神は全部わかったうえだった。

この神には、シロを束縛し続ける気がなかったのだろう。シロが結界を創り変えるのだって、あっさりと許してしまった。

「あなたなりに、白夜を想った道筋を示したのでしょうけど……一歩足りないのよ。だから、憎まれるの。そういうところなのだわ」

「そういうものかの……」

天之御中主神は珍しく目を伏せる。反省しているつもりなのだろうか。黒陽の姿をしているのに、ちっとも可愛らしさを感じない。

宇迦之御魂神は唇を曲げた。

やはり、この神は好きになれない。

しかし、悪意ある邪神ではないことも知っているので始末が悪い。

2

この面子で集まるのも久しぶりだ。

大人になると、それぞれの生活がある。自然と連絡が絶える時期もあるのだが、しばらくすると、またこうして顔を見たくなるので不思議だった。

湯築九十九は、群青色の着物の袖を少しまくる。昔は華やかな柄も着ていたのだが、いつしか落ちついた色合いを好むようになっていた。髪留めも、鼈甲《べっこう》の上品なものを選んでいる。

目の前のテーブルには、豪華なお料理が並んでいた。人数がいるとはいえ、こんなにたくさん食べられるか心配だ。

九十九は手始めに、法楽焼の海老に箸を伸ばして腰を浮かせる。

「ゆづ、座っとってええよ」

そう言って、麻生京が九十九を椅子に座らせた。

「このくらい自分でやれるよ」

「ええけん。主役やん？」

京はチャッチャと手際よく、九十九から遠い位置にあるメニューを小皿に取りわけてくれる。

黄色のベリィショートヘアーに、大きめのピアスを揺らすファッションは、昔のままだ。年齢は重ねたものの、いつまでもエネルギッシュではつらつとしている。

京は大学を卒業してすぐに起業した。最初は就職活動が面倒くさかったと言っていたのだが、四国遍路を目当てに訪れる外国人向けのウェブサイトで大当たりしたのだ。会社は急成長し、現在はグローバルに活躍していた。

「ありがとう、京。でも、いい歳なんだから誕生日も特別じゃないよ」

九十九は遠慮がちに言って、京から皿を受けとった。

しかし、京は大袈裟に肩を竦める。

「歳なんて関係ないけん。お誕生日様は、威張って座っとくもんよ。うちのときも、お誕生日様するけんね」

胸を張りながら主張することではない。

「京ちゃんは、変わらないよね」

クスリと笑ったのは、朝倉小夜子であった。清楚なカーディガンと、紺のワンピースがよく似合う淑女だ。やや眠そうなのは、夜勤明けだからだろう。

小夜子は専門学校を卒業し、看護師として働いている。最初は大きな病院に就職したけれど、今は介護施設に勤めている。一人ひとりの入居者と、じっくり向きあいながら看護がしたいというのが、彼女の希望だ。とても小夜子らしい道だと思う。

もちろん、鬼の蝶姫も常に一緒だ。小夜子の影から、能面をつけた顔を出して、手を叩いている。おそらく、九十九を祝っているのだろう。

「変わってないのは、種田のことを言うんよ。ほんとに老けんよなぁ。羨ましいわい」

京から名指しされて、種田燈火がはにかみながらうつむいた。

彼女の姿は、学生時代となにも変わっていない。

派手な化粧や洋服の趣味ばかりではなく、肌の張りや髪の艶、顔立ち、すべてに至るまで変化がなかった。

ミイさんとの婚姻を結んだ燈火は、不老の身体となっているからだ。

「こ、これでも、思ったより大変なんだよ……同じ仕事が長続きしないから、アルバイト転々としなきゃいけないし、マンションも定期的に引っ越してる……」

歳をとらない燈火は、周囲の人々に不審がられないよう、苦心しているようだ。

以前に、湯築屋に来たらいいと提案してみたこともある。だが、燈火は「自分で選んだから」と、九十九の申し出を断ったのだ。

人を頼るのは悪くない。しかし、燈火は芯《しん》が強かった。これが彼女の決意なのだろう。

九十九は見守っていることしかできない。

「その派手な格好やめたら、ちょっとは人目も誤魔化せると思うんやけど」

「うーん……ミイさんが、褒めてくれるから。ボクも、自分が好きなお洋服を着ていたいって思うし」

頬を桃色に染めながら笑う燈火の顔は、幸せそのものだ。彼女のバッグからは、ミイさんも這い出て舌をチロチロと見せている。

燈火については心配したけれど……ふたりにとって、いい方向に歩けているのは、確かのようだ。

幸せの形は、それぞれだと実感させられる。

「若女将……じゃなくて、お客様。追加のお料理をどうぞっ！」

ちょこちょことした足どりで、お釜が歩いてくる。

視線を落とすと、頭のうえにお釜を持ったコマがいた。

珊瑚《さんご》色の着物を身につけ、常磐《ときわ》色の前掛けをしている。背中で揺れる尻尾は、あいかわらずだ。

コマは湯築屋を退職して、従業員ではなくなっている。彼女は長い間、湯築屋で仲居をしていたので、まだ寂しい気持ちでいっぱいだった。

「ありがとう、コマ」

小さな両手から、九十九は釜受け台に入った羽釜を受けとる。

「いえいえ、いつもご贔屓にしてくださり、ありがとうございますぅ」

コマは両手をぱたぱた広げながら、ぺこんと頭をさげた。お尻の動きにあわせて、尻尾がうえに持ちあがる。

こうしていると、彼女が湯築屋にいたころを思い出す。

「おい。うちの看板狐を誘惑しようとするんじゃないぞ！」

コマと九十九が笑いあっていると、店のカウンターから声があがった。

刑部将崇だ。不機嫌そうに口を曲げながら、仁王立ちしている。

将崇は化け狸でありながら、湯築屋で料理の修業をしていた。人間の調理師専門学校にも通い、調理師免許も取得している。

独立して、飲食店をオープンさせたのは、彼の努力だ。

店は四国遍路八十八箇所の一つ、石手寺のすぐ近くに位置する。隣には民宿もあり、観光客やお遍路さんの利用が多い立地だ。

それだけではなく、ここには人間も妖、神様も集まる。「誰でも入れる食事処にしたい」という将崇のねがいがこもった場所であった。

コマは、店の看板狐として将崇にヘッドハンティングされたというわけだ。九十九とコマが仲よくしていると、ときどき「連れ帰ろうとするな!」と怒られてしまう。そんなつもりなんてないのに。

コマを大事にしている証拠だろう。

「心配しなくても、コマは将崇君のお店から離れないよ」

九十九がクスリと笑うと、コマもこくりとうなずいた。コマの頬はわずかに染まっており、はにかんだ表情だ。

「そ、そうか……ッ」

将崇は表情を見られまいと、顔をそらしながらつぶやく。

みんな、大人になってそれぞれの道を歩んでいる。九十九は変わらず湯築屋で働いているけれど、やはり月日の流れは感じていた。

今日は九十九の三十九回目の誕生日。

九十九はすっかり肌艶をなくしつつある自分の手を見おろす。若い時分は、水仕事をしていても手荒れなどなかったが、今は深いしわが刻まれてしまった。身体だって、十代のようには動かない。

それでも、こうして集まると学生時代を思い出して懐かしかった。

あのころへ、戻った気分になれる。

「なああ、刑部。お客さんに、いい人おらんの？」

京はあいかわらずの態度で、将崇に問いかけている。将崇は「またか」とでも言いたげに、気怠いため息をついた。

「うちは基本的に一期一会で、人間の常連客はそんなにいないんだぞ。妖の常連なら、いくらかいるけど」

「やっぱ、そうよなー……ゆづも似たようなことしか言わん」

「結構稼いでるなら、手をあげる男がいるんじゃないのか」

「あのね。そういうのは、たいていヒモ志望なの。うちより年収の高いハイスペック男じゃないと意味ないわけ。医者か士業なら最高」

「それは高望みって言うんだぞ」

京と将崇の会話を聞きながら、九十九は将崇に同意して苦笑いする。が、あえて指摘はしなかった。

九十九は、将崇の作った料理に箸をつける。和風に限定せず、洋食も並んでいるのは、幸一のもとで修業したからだろう。

「やっぱり、将崇君のご飯、美味しい」

松山あげと茄子《なす》の煮物を食べながら、表情が緩んだ。茄子を咀嚼《そしゃく》すると、優しい味のする煮汁が口にあふれ出した。なにより、松山あげの風味とジューシーさが堪らない。茄子は油を吸って美味しくなるので、松山あげとの相性は抜群だ。

これ……。

「九十九ちゃん」

煮物に舌鼓を打っていると小夜子が意味深な笑みを向けてきた。なんだろう。九十九が首を傾げると、小夜子は少しだけ身を前にのり出す。

「今、シロ様に食べさせてあげたいって、思ってたでしょ」

そう続けられて、九十九は顔の温度があがるのを感じた。年甲斐もなく、頬など染めて恥ずかしい。

困った九十九を見て、小夜子はいっそう楽しそうだった。

「松山あげ、シロ様の好物だもんね」

「うん。まあ……」

図星だったので、九十九は肯定するほかなかった。

シロ様にも食べさせてあげたいなぁ……。

しかし、今日は学生時代の友人たちが、九十九のために誕生会を開いてくれた。あまり水を差すことをしたくない。

「ふたりで、お祝いはするの？」

「このあと約束してる」

九十九は、やや目を伏せて微笑んだ。

今日はみんなで将崇のお店を貸し切ってランチだと告げると、シロはたいそう肩を落としていた。だが、次の瞬間には、「九十九がキュンとするデートの勝負服を考えておかねば」と、張り切りはじめた。

今ごろ、湯築屋の母屋で服を選んでいることだろう。その姿を思い浮かべると、おかしくなってくる。

「天照様に、変な服装を吹き込まれてないといいね」

「あり得そうで、怖い。それ」

冗談になっておらず、九十九は軽く頭を抱えた。白いタキシードに薔薇など咥《くわ》えていなければいいけれど……。

「刑部。料理終わったなら、こっち来て食べようやぁ。ねえねえ、みんなもう一回、カンパイしよーう！」

京がハイボールのジョッキを掲げて呼びかける。

さっきもカンパイしたが、将崇が料理を用意している最中だった。みんなそろって、改めて飲みたいのだろう。

「いいね」

九十九は小さなグラスを持ちあげて同意した。

そこへ、コマがビールを注いでくれる。

「コマ、少しでいいからね」

「わかってますっ」

九十九の要望に、コマは元気よく答える。

お酒の味はわかるようになったけれど、やっぱり量が飲めない。昼間ということもあるし、若いころの失敗を思い出してしまって駄目だ。今でも九十九は、嗜む程度しか飲酒しなかった。

小夜子はお猪口に日本酒を注ぐ。将崇は調理中なので、ノンアルコールビールを。燈火はカシスオレンジのカクテルだ。

「コマにも、注いであげるね」

「ええ？　いいんですか？」

九十九はコマに、みかんジュースを入れてあげた。せっかくなので、みんなでカンパイしたほうがいい。

「ありがとうございますっ」

コマは嬉しそうに、ジュースのコップを受けとる。

全員の飲み物が用意できたところで、京がジョッキを掲げた。

「じゃあ、カンパーイ！」

「カンパーイ！」

まるで、学生のコンパである。

でも、それがこの面子らしくて好ましい。

京、将崇、小夜子、コマ、燈火、みんな順番に九十九とグラスをあわせていく。店中に、たくさんの笑顔があふれて、たくさんの笑い声が響いていた。

変わってしまったものも多いけれど……。

変わらないものもある。

その歓びを実感しながら、九十九はグラスに口をつけた。

3

ひらりひら。

桜の花びらが舞う。

道後に、明かりが灯りはじめる黄昏どき。店先の看板やホテル、観光各所が電気で彩られ、昼間とは違った彩りを見せる。

西に傾く太陽が最後の輝きを放つと同時に、空には夜が広がっていった。太陽と月、星の光が混在する藍色の世界だ。

創られた幻想ではない本物の黄昏は、一秒一秒で色を変えていく。

その一瞬を慈しむようにながめる後ろ姿も、やはり美しかった。

「シロ様」

遅れて来た九十九は、柵に寄りかかる後ろ姿に声をかける。

九十九の声から一拍遅れて、彼がふり返った。

絹束のような白髪。

神秘的で引き込まれる琥珀色の瞳。

きめ細かい肌——なにもかもが美しい。

「九十九」

九十九の名を呼びながら、シロは微笑んだ。

狐の耳や尻尾は存在せず、神気の類も一切使うことができない。

彼はもう神ではなくなっている。

神使でもなくなり、人間ですらなかった。不老の神霊のような存在らしい。けれども、寿命はある。

歳をとらないのに、死の瞬間があるというのも不思議なものだ。実際に見目が変わらぬ様を見ていると、本当に寿命があるのかと疑問に思うことがある。同じ不老であっても、燈火より強くそう感じた。

「遅くなって、すみません」

九十九は将崇の店を出て、直接この場所まで来た。ちょっと急いだので、薄らと浮かぶ汗で、化粧が崩れているかもしれない。

「待ちくたびれたぞ……だが、これもデートの醍醐味《だいごみ》かもしれぬな」

そんなことを言いながら、シロは胸に手を当てた。

浅縹《あさはなだ》色の着流しに、孔雀青《くじゃくあお》の羽織が揺れる。濃紺の帯が全体の印象を引きしめていた。青系の色味は、白い髪とも調和して、手堅くまとまった印象だ。

九十九は胸をなでおろす。

「よかった……タキシードに薔薇じゃなくて」

キュンとするコーディネートとかなんとか言いながら意気込んでいたので心配したけれど、なんだかんだ、超無難なチョイスであった。

しかしながら、九十九の反応を見て、シロは不服そうに口を曲げる。

「四時間かけて選んだ勝負服なのだ。もっと讃えぬか」

ビシッとポーズをキメたところで、台無しだ。九十九がおかしくて笑ったので、シロの機嫌はなおらなかった。

「すみません。とてもお似合いですよ」

「とってつけたような言い方をしよって……やはり、宇迦之御魂神の助言が悪かったのではないか」

「あ、宇迦之御魂神様のお知恵だったんですね。納得しました。本当によかったです」

天照に助言を請うと、悪ふざけで変な入れ智恵をされかねない。助けてくれたのが宇迦之御魂神でよかった。

「解《げ》せぬ……」

不満を露《あら》わにするシロの隣に、九十九はゆっくりと歩み寄る。

そして、柵の向こうに広がる景色を見おろした。

幻影でも、写真でもない。

本物の春を、ふたりでながめるのは、何度目だろう。そして、あと何回、この光景を見られるのだろう。

重ねた年月、これからの年月、関係なく今一緒にいられる歓びが胸に灯る。

冠山《かんむりやま》からの景色は格別だ。道後温泉本館を見おろせて、観光客でにぎわう街並みを一望できる。

本館の改修工事直後、屋根の銅板は赤い光を湛《たた》えていた。しかし、それも月日が経つにつれて鮮やかさを失い、緑青の生える貫禄ある見目へと変貌している。

内側から漏れる光は、本館が今日も営業しているのを示していた。夜にもかかわらず、受付には観光客が列を作っている。

月日の流れを感じさせる景色でありながら、在りし日の姿へと戻っていった街並み。歴史とともに歩む道後の今だ。

様々なものが新しくなりながら、これからも日常が脈々と受け継がれていくのだろう。

風が吹き、桜が舞う。

九十九は不意に手を伸ばし、気まぐれに躍る花びらを捕まえた。

けれども、花びらをつかんだ掌を見おろすと、少し不安になる。

友人たちといると、学生時代に戻れた。

だが、月日の流れは確実に訪れている。

手荒れして、しわの刻まれた掌は、桜の美しさに見合わない。そう感じてしまうと、九十九は掌の桜を確認するのが億劫《おっくう》になってしまう。

「九十九」

だが、そんな九十九の手を慈しむように、シロは包んでくれる。うしろから身体を抱き寄せながら、九十九の指を一本ずつ開いていった。

「お前は美しいな」

囁かれると、耳朶に吐息が触れる。

掌に包まれた花びらが露わになった。

やはり、可憐な桜と九十九の手は不釣り合いだ。それなのに、シロは九十九に美しいと囁く。

「あ……」

再び風が吹き、花びらは九十九の手から離れていく。九十九は反射的に視線で追ったが、薄暗くなる景色に溶けて見失った。

花びらを失っても、シロの体温だけは留まり続ける。

「あんまりベタベタ触らないでください。もう、若くないんですから」

いつまで、こうしているつもりだろう。九十九は誤魔化すように、シロの腕を振り解こうとした。

湯築屋ならともかく、観光地の真ん中で恥ずかしい。ただでさえ、シロの見目はよすぎて注目されやすいのだ。もっと人目を考えてほしかった。

「若さなど関係あるまい」

それなのに、シロは構わず、九十九の髪に口づけた。

「儂の妻は、いつまでも美しいからな」

シロの言葉に嘘偽りはない。

本気で言っているのだと思うと、余計に恥ずかしかった。

けれども、神であった彼にとっては見目も老いも関係がない。大切なのは本質だ。神の座から降りようとも、その価値観は不変なのだろう。

そして、シロは人として生きる九十九を愛している。

「人は、そのとき一瞬がすべて美しくて愛おしい。九十九は本当に、変わらず美しい妻だ。愛しているよ」

シロの言葉一つひとつ、全部が九十九の胸に染み渡り、宝物になっていく。

九十九は抱きしめてくれるシロの手をにぎる。

温かくて、心地よい。服越しに感じる鼓動も、なにもかもが愛おしかった。

「わたしも……シロ様を愛しています」

ふたりは、永遠を生きられない。

いつか終わりがくるだろう。

こうしていられる時間も神様の基準では、そう長くはない。

しかし、今、ふたりで同じ景色を見ている。

同じ世界にいて、同じ時間を過ごしている。

当たり前のことだが、以前は当たり前ではなかった。

当たり前になったのが嬉しくて、夢みたいだ。

もしかすると、これはただの夢。長い夢を見ているだけで、覚めてしまうのかもしれない。そう感じる瞬間すらある。

「シロ様、道後公園へ行きましょうか。もう桜が満開ですよ」

「そうさな。今日は九十九との花見の屋台食い倒れツアーを楽しみにしていたのだ」

「そんなにたくさん食べる気なんですか？」

「駄目か？」

ふたりは顔を見あわせて、自然と笑う。

この愛が永遠《とわ》に続くことはない。

いつか終わり、誰からも忘れられる。

しかし、それでも互いが愛おしい。

手をとりあって歩くふたりの気持ちは、同じであった。


（完）

あとがき

こんにちは。田井ノエルと申します。

本作『道後温泉 湯築屋』シリーズをお読みくださり、ありがとうございます。二〇一八年に第一巻が発売され、今巻でシリーズ十作目。ついに完結となりました。わたしのデビュー作にして、最も長く向きあってきたシリーズです。

あとがきは苦手で、あまり書かないのですが、最後なので少しばかり作品についてお話しします。

本作を書くまで、地元への興味はほとんどありませんでした。

ある日のことです。松山旅行へ来た作家Kさんと、お食事をしました。そのとき、Kさんは「松山は、とてもいいところ」と評価し、わたしに「こんなに良い題材があるのだから小説にしましょうよ」と、提案しました。

Kさんの言葉で書くことにしたのが『道後温泉 湯築屋』のはじまりです。

小説のために取材へ行って、改めて道後温泉街をながめると……たしかに、素敵な街だと感じました。地元の人間なのに、まったく知らなかったのです。

観光地として整備された街は綺麗で歩きやすく、お洒落で美味しい店も増えています。

温泉には、神様に由来する逸話が存在し、小説の題材には事欠きません。すぐに、「神様が訪れる温泉宿」というテーマが思い浮かびました。

松山の外から来た人に、魅力を伝えたい。松山に来てほしい。そして、わたしのように「地元を知らない松山の人」が地域を好きになってくれたら嬉しい。そういう気持ちで、本シリーズを書き続けてまいりました。

最後に。

本作を出版してくださった双葉社さま、および、担当編集のみなさま、ありがとうございます。わたし一人では、この作品がここまで読まれるものにはなりませんでした。

装画を担当してくださった紅木春さま。いつも素敵なイラスト、惚れ惚れします。優しくあたたかなタッチに癒やされ、カバーを見るのが楽しみで仕方がありませんでした。ありがとうございます。

そのほか、本に関わったすべてのみなさま。作品によって繋がったご縁は一生忘れません。ありがとうございます。

そして、読者のみなさま。

世の中には、たくさんの本があるにもかかわらず、本作を手に取ってくださり、ありがとうございます。長らくのおつきあい、感謝いたします。

本作『道後温泉 湯築屋』シリーズは、みなさまに支えられて、無事に完結と相成りました。小説は一人で書けると思われがちですが、読み手がいて、初めて完成すると思っております。

読者のみなさまのおかげで、作品を書いていられます。そんなみなさまへの恩返しの最終巻となっていれば幸いです。

本当にありがとうございます。

田井ノエル

双葉文庫

た-50-10

道後温泉《どうごおんせん》　湯築屋《ゆづきや》⑩

神様《かみさま》のお宿《やど》で永遠《とわ》の愛《あい》を囁《ささや》きます

2022年12月18日　第1刷発行

【著者】
田井《たい》ノエル

【発行者】
箕浦克史
【発行所】
株式会社双葉社
〒162-8540 東京都新宿区東五軒町3番28号
［電話］03-5261-4818（営業部）　03-5261-4833（編集部）
www.futabasha.co.jp（双葉社の書籍・コミックが買えます）
【印刷所】
中央精版印刷株式会社
【製本所】
中央精版印刷株式会社

【フォーマット・デザイン】
日下潤一

ISBN978-4-575-52627-1 C0193
Printed in Japan